卒寿の自画像

―わが人生の賛歌―

はしがき

「体力、身力を養う」。それがわたしの究極の持論です。小学校の時間割に「国語、算数、理科、社会……」がありますね。わたしからしたらこれは「体育、体育、体育、体育……」です。ものを認識し、考えたり、感じたりするためには前頭葉、右脳、左脳を使い、記憶では脳の海馬が大切です。どんなことも体で学ばなければ身につきません。

心の働きにも身体が関わっています。相手に心を開くことを「腹を割る」と言い、怒りの心を持つことを「腹が立つ」「腹にすえかねる」「腸が煮えくりかえる」など身体の言葉で表現をしますね。人間の精神活動の根本を示す「知・情・意」、つまり知性や感情、意志を支えるものは身体の力です。

身力の「身」という字は、中国の音では「シン」と発音します。「親」も「シン」、「心」も、神さまの「神」、信仰の「信」、新しい学問の「新」もみな「シン」です。ちなみにわたしの名前は「進（すすむ）」で「シン」と呼びます（笑）。いや、紳士たる者、慎みを忘れてはいけませんね。「紳」も「慎」もまた「シン」であります。大切な言葉には「シン」がつきます。

身力のおかげで、令和元年8月21日に90歳、卒寿を迎えることができました。ありがたいことです。

令和元年12月に、東京で開かれた第34回全国高等学校文芸コンクールの表彰式に呼ばれ、「青春の自画像とは」と題して高校生に話をしました。

青春の自画像の特色として三つをあげました。第一が、生きている証としての命の宿った表現をすること、第二に、これから生きていく未来を語ること、そして第三は含《がん》羞《しゅう》です。青春時代は、未完成ゆえに未来に開かれています。そして未完成ゆえに不安があり、そこにはにかみ、ためらいが生まれます。そして、この含羞があるゆえに人は学び、人の話に耳をすませ、それが令和という元号に示されている令《うるわ》しい和のある時代を拓いていく。そのことを若い高校生に伝えました。

読売新聞朝刊の連載「時代の証言者」をもとにした本書は、わたしにとって初の半生記です。わたしが聞かれるままに語ったことを記者がまとめたものですから、自画像というよりも他画像です。50時間近くにわたって語った中で使われた発言、エピソードは一部です。まあ、90年の半生ですからしょうがありませんが（笑）。

過ぎし日のことを振り返ることは、自分がこの先どう生きていくのか、未来を照らしてくれます。その意味では、新時代を迎えるにあたって半生を顧みたことはよかったと思います。

同時に去来したことは、青春の自画像も卒寿の自画像も実はあまり変わらないのではないか、ということです。自画像の第一の特色である「いのち」。これは老いも若きも同じです。

若い人でも老いた人でも、その時点その時点の自分を100パーセント表現して生きていきたいのではないでしょうか。他人からは、その営みがたとえ未完成にしか見えなくても、力を尽くすことが大事です。そもそも、どんなものにも完成などというものは客観的にはなく、もしあるとしたらそれは達成感だけではないでしょうか。

青春の自画像の第三の特色である含羞、これを失っていく人もいます。だけれども希望としては、はにかみは残り続けた方がいい。なぜなら恥ずかしさとはやさしさだからです。恥ずかしがり屋の反対は傲慢な人ですね。その人にやさしい振る舞いはできますか。できないでしょう。

恥ずかしさ、ためらい、不安感、そして未達成感があるからこそ、人は奥ゆかしくなり、やさしくなるのではないでしょうか。やさしいは漢字で「優」と書きます。人を思い、自らを憂うる、それがやさしさであり、含羞です。

この間、ある人から「順風満帆ですね」と言われました。「とんでもない。たくさんの負を背負っている」と答えました。人は誰しも、心に秘めた悲しみ、負を背負っています。恥じらいのない人にはなりたくありません。

新元号「令和」の考案者と報道されたせいか、新聞、テレビなどいろいろなところで取り上げられ、「時の人ですね」と言われた時には、冗談をこめてではありますが、「永遠の人ですよ」と返しました。

もちろん、人生に永遠はありません。しかし、人は、永遠への憧れがあるからこそ、人はいつまでたっても未完成です。だから含羞からは離れられません。

卒寿の自画像

―わが人生の賛歌―

◉目次

I

芽生え　～育ちのころ～

葉のしげり　〜学びのころ〜

花の咲くとき　～教えるころ～

実りをめざして　〜拓くころ〜

Ⅱ

I

3歳で詠んだ梅の俳句

家いっぱいの赤い絨毯《じゅうたん》――。もの心がついてからの最初の記憶はこれです。庭に面した2階の廊下も赤に染まり、来客でごったがえしていました。

父は俳句が趣味で、わが家で句会が行われていた時の光景です。素朴に直情的な歌を詠む歌集として「万葉集」を高く評価した正岡子規門下の中村楽天を師と仰いだ父の俳号は故郷・高松市の玉藻城からとり「藻城《もじょう》」。お気に入りの一句は〈何もなき菊人形の出口かな〉でした。

何しろ郷里で母と見合い結婚し、東京へ戻ってくる汽車の中では、「窓の外ばかり眺め、俳句をつくっていた」と母が不満をもらすほど俳句に傾倒していました。

そんな母も父に影響され、新婚早々、〈寒雀《かんすずめ》あちこちに来る小枝かな〉という句が新聞の投稿欄にのり、ハイカラな防水エプロンをもらったそうです。

わが家では家族句会も行われ、当時の句稿の一部は、今も大切に保存しています。3歳の頃わたしは、こんな句をつくったそうです。

・ウメノキニ　スズメマイニチ　キテトマル

後年のことですが、俳人の金子兜太《とうた》さんに話したら、「俳味がある」と言うんです。梅の木ならウグイスでしょ。それを雀にしたところが「いい線いってる」って（笑）。

俳句は相当染みついていて、今も句作に興じています。

最近も、折にふれて俳句がでて来ます。

・考妣《ちちはは》も杳《とほ》く朱華《はねず》の初山河

亡くなった父母も遠景にあってはねず色に日にそまる、正月の風景です。毎年、年賀状に一句書くこともしています。

・氷上に月のかけらを拾ひけり

氷の上に、かけらのように映った月を拾っているんです。もちろん、月のかけらは拾えません。作者はいい加減なんです(笑)。

生まれたのは東京の西郊。今は杉並区松庵と改称されていますが、当時は東京府豊多摩郡高井戸町という田舎でした。そこに当時内閣の統計局に勤めていた父が平屋建ての家を建てました。田舎でしたから土地は110坪ほどあったでしょうか。家の北方にある西荻窪の駅まで歩いて15分。まわりにはまだまだ原っぱが多く、夜更けには中央線を通る貨物列車の音が聞こえました。

生後2か月で世界恐慌が起き、母からは、「あなたは不況の年に生まれた」と言われたものです。

《1929年10月24日、ニューヨーク株式取引所で株価が大暴落。大量の失業者が出て、恐慌は世界に広がり、「暗黒の木曜日」と言われた。この年に生まれたのは女優オードリー・ヘプバーン、「アンネの日記」のアンネ・フランク、作家の向田邦子など》

句会では、作品が選ばれると名乗らなければなりません。これが嫌でしたね。幼い頃内気だったのでなかなか俳号の「藻波《そうは》」と名乗れない。父から早く言いなさいと、肘をつつかれ、周りの視線が集まるとますます緊張してもじもじしてしまう。

ですから小学6年の時、「赤とんぼ竿《さお》をまわりて止まりけり」で最高点をとった時のことは忘れられません。うれしいにはうれしかったのですが、「そうは」「そうは」と何度も名乗らなければならないことが子ども心にはとってもつらかったですねえ。

吟行にも連れて行かれ、草花の名、四季折々のさまざまな表現を俳句から教えられました。アセビの葉を馬が食べると毒に当たり、酔っぱらったように足がふらつくことから馬酔木《あしび》と呼ぶことを知ったのは小学校低学年でした。ツツジの蜜を吸うと蹲《うずくま》ることから躑躅《つつじ》と表記することも学び、ちゃんと漢字も書けました。

そういえば失敗談を思い出しました。それは子規の弟子だった中村楽天を青ざめさせた記憶です。なんの折だったか、わが家を訪ねて来られた楽天さんから父が蓋のついた硯《すずり》を贈られた時、わたしが「見せて、見せて」とねだったんです。その時に、中国の端渓石でできたものだったでしょうか、とにかく高級品の硯の蓋を、あろうことか、玄関の土間に落として割ってしまったのです。父は申し訳なさからか、顔が真っ青になり、楽天さんは、そのお名前とは正反対のとても悲しそうな顔をされていました。

せっかく子規とかかわりのある方とお会いしたのに、こんな記憶では情けないですね。

いずれにしても、わたしの今日をつくったのはこの俳句の環境でした。中学3年の時、担任から、「将来何になりたい？」と聞かれ、「日本文学の研究をします」と言ったのを覚えています。その頃は万葉集をあまり知らなくて、「何を研究するんだ」と問われて、習ったばかりの「枕草子」と答えました。

「軍人になりたい」という子が多かった時代です。変わりもんの少年でした。

子ども用の四輪自動車で、庭を乗り廻して遊ぶ

兵隊ごっこ 鬼ごっこ

小学校に入る前の頃、絵本が好きで、父母に与えられた「浦島太郎」や「桃太郎」などを片っ端から読みました。

「もう寝なさい」と言われても、懐中電灯を使っていたのかなあ、布団にもぐってこっそり読んだものです。

それが原因でしょう。強度の近眼になり、小学1年生になると黒板が見えなかった。その頃僕は背が高くて、一番後ろに座らされたから見えないんですよ。眼科に連れていかれて検査したら視力が0・03なんです。それで眼鏡をかけるようになりました。

両親も姉、弟、妹も眼鏡をかけていない。それでも読書に熱中していました。ただ、わたしの世代は、アンデルセンや、イソップ、グリム童話の知識に欠落があります。戦争が近づくにつれて、海外の本が排斥されていったからです。海外の文物を導入し、世界に開かれていた万葉集の時代とは大違い。わが国の教育上の汚点です。

昭和11年（１９３６年）、６歳の時の２・２６事件の記憶は鮮明です。朝、窓を開けると大雪だったこの日、母が入院予定でしたが、反乱将校らが蔵相、内大臣らを殺害したクーデターでとりやめになりました。地元の高井戸第二小学校に入る直前で６歳、それは軍靴の足音が高くなっていく時代でした。

８月に開幕したベルリン五輪も思い出です。

《ヒトラーが五輪組織委員会総裁に就任、ナチス・ドイツの宣伝という政治色の強い大会となった。聖火リレーを初めて採用した大会でもあった》

水泳女子２００メートル平泳ぎで前畑秀子が金メダルを獲得し、新聞では連日、たいへんな報道ぶりでした。今も語り継がれている「前畑がんばれ」の実況放送をラジオで聞いた記憶もかすかですがあります。姉の持っていた雑誌でオリンピック特集をやっていて、陸上競技でスターターが「位置について」というのを、ドイツ語でどう言うのかが書いてあったことも、なぜか覚えています。「アウフ・ディー・プレッツェ」だったかなあ。

そんなわたしですが、外でもよく遊びました。あの頃の遊びといえば、鬼ごっこや兵隊ごっこでした。「ごっこ」というのは、「ごと」が変化したもので、「〜のようだ」という意味です。ですから「ママごと」とはおまんま（ご飯）のマネごとをすること、「兵隊ごっこ」とは、兵隊さんのマネをして遊ぶことです。

そうやって大人たちのマネをしながら遊び、知らず知らずのうちに大人のやり方を身につけたのです。

いたずらもしました。長い草の葉の先っぽ同士を結んで輪っかをつくり、やってくる友人の足を引っかけて転ばせるんです。意地悪ですねえ（笑）。みんなでやりあいました。

そんなふうに遊びが好きだったわたしは、高井戸第二小学校の最初の登校日で失敗しました。遊び友達のAちゃんの家の門前で、いつものように「Aちゃん、遊びましょ！」と大声をあげてしまったのです。

そうしたら、こまっしゃくれたAちゃんに、「きょうは遊びじゃないでしょ」と、大人びた口調で言われてしまいました。親の口マネをしたに違いない……。
悔しかったですね。

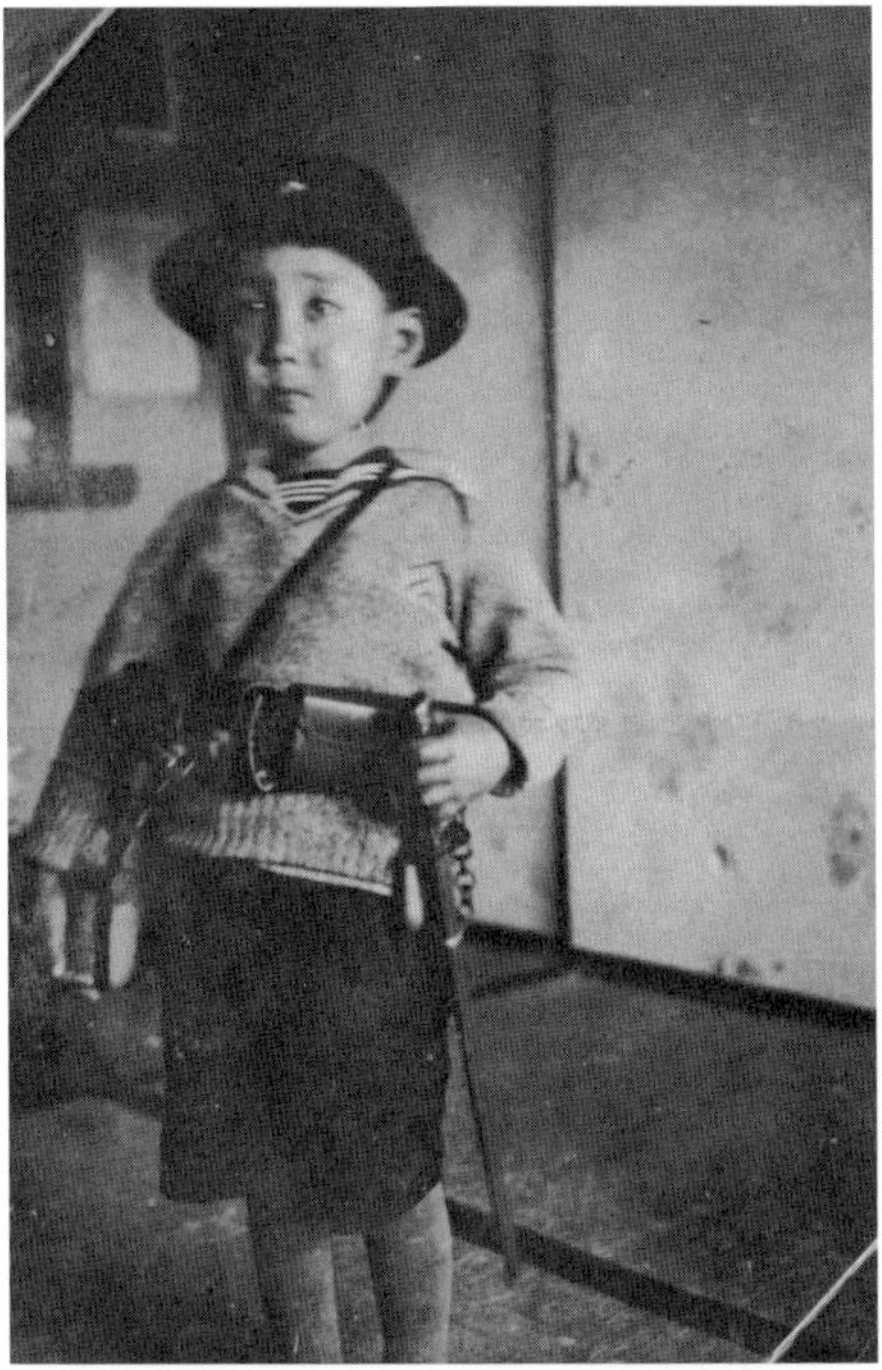

一人前の兵隊さんになったつもり（親戚の家で）

前に進まない駆けっこ

高松市生まれの父親は28歳の時、同じ香川県の丸亀に生まれた20歳の母と結婚しました。母は、地元の女学校を経て師範学校を卒業したばかりだったそうです。2年目に姉が生まれ、そのまた2年後に長男のわたしが生まれました。二つ下に弟、十一歳離れて妹も生まれ、4人きょうだいです。

中西というのは、古代に祭事・祭祀《さいし》をつかさどった氏族「中臣」と「西」が詰まったもので、伊勢神宮の神官には今も中西という方がいらっしゃいます。この中西の家が和歌山県を通り、四国に流れ着いたらしい。ですから親類には神主が多く、子どもの頃は、いとこの所に遊びに行き、神殿の中で、かくれんぼをしていたことも思い出です。

「どこに神さまがいるんだろう」

そう思って探したこともありますが、もちろん見つかりませんでした（笑）。香川県には中西姓が多く、プロ野球西鉄ライオンズの名選手だった中西太など有名人もその一人です。

父は「新太郎」で、この「新」から音をもらい「進」と名づけられました。父は、10人ぐらいのきょうだいの末っ子で、生後まもなく父親を失い、小学生の頃には母にも先立たれ、苦労したせいかとても子どもをかわいがる情の深い人でした。

父はスポーツマンでしたが、この才能は、みんな弟にいっちゃった。弟の朗《あきら》は、韋駄天《いだてん》のように走り、運動会のリレーでも花形でしたが、わたしはビリですよ。名前は進なのに、足を懸命に動かしても速く前に進まない。

小学校に入るか入らないかの頃に、父に自転車を買ってもらいましたが、これも苦手でした。うしろから押してもらい、よく練習するんだけど、転んでしまい、なかなか補助輪が取れない。みっともないんだけど、僕は、転ぶのが嫌だから補助輪を取りたいとは思わないし、そもそも自転車に乗りたいとも思わない（笑）。

小学校で否応《いやおう》なしに、高跳びとか跳び箱をやらされたのも嫌でしたねえ。父が家の庭の砂場で特訓してくれましたが、駄目なものは駄目です。跳び箱では、上に座ってしまうだけならまだいいけれど、時には、おしりをゴツンと打って、もう痛いのなんのって。父は、音楽も愛好し、英語で日本、名古屋のスズキマサキチの手製と記されたバイオリンを持っていて、Ｎｏ．２と番号がありました。明治時代に創業した「鈴木バイオリン製造」の楽器だったのでしょうか。

家には手廻《まわ》しの蓄音機と唱歌のレコードがたくさんあり、「春の小川」などを父はかけてくれました。

《唱歌は、明治から昭和にかけて文部省が編纂《へんさん》した音楽教育用の歌。「仰げば尊し」「むすんでひらいて」「ちょうちょう」「蛍の光」など今日も歌い継がれる楽曲がある》

これだけ父に手を尽くしてもらいながら、わたしはといえば、音感が悪く、歌うのが下手だったのです。

音を聞いて、どの和音なのかと聞かれても、さっぱりわかりませんでした。だから「カッパ」というあだ名の唱歌教師の授業は大の苦手。成績ですか？　唱歌はたった一つの乙でした。

歌うのは、今でも嫌ですね。万葉集の和歌は、それが生まれた当時は声に出して歌われましたが、わたしの場合、歌ってはいません。唱えているだけ。お経といっしょなんです（笑）。

小学校入学の記念写真

大失敗で学んだ父の「義」

そんな子ども思いの父に一度、叱られたことがあります。小学校に入った頃、わたしがあることで大失敗し、たちまち両親の知るところとなったのです。

わたしが嘘《うそ》をついたんです。どんな嘘かは言えません。90歳になる今も後悔している大失敗です。

母から、「きょうの夜、お父さんから話があるからね」と昼のうちに言われました。どんな話か、わかっていました。しかし、日が暮れて夜になっても父からのお呼びがかかりません。時間がたつにつれて、不安とともに、自責の念がこみあげてきました。

ようやく声がかかり、父の書斎の襖《ふすま》を開けたら、薄暗い部屋で、父が着物姿で腕組みをして座っていました。それからどのくらい時間がたったのでしょうか。1時間くらいと思えるほど長い時間がたつと、父から、ひと言だけ、ありました。

「これからはもう、そういうことはするな」

それだけで、「もう、よい」と言われ、放免されました。

父は、とても立派だったと思います。父親は、たとえ子に憎まれても子に義を教えよ、と孔子は言います。義とはものの道理のことで、わたしの父は、その態度で道理を教えてくれました。

中国では、「羊」は最高に価値のあるもので、それに「我」がついたのが「義」。だから「義」を身につけた人は義人です。

余談ですが、この「義」に「言」をつけたのが「議」ですから、国会での議論というのは、じっくり話し合うことで美しい私たちの世界をつくることです。喧嘩《けんか》腰で論争をするのは、本来の「議」ではありません。

新元号「令和」が発表された時、命令の「令」だから、よくないという声がありましたが、「令」とは本来、善を表すよい言葉で、令嬢、令息の「令」です。ですから、よくない指示は本来、命令ではありません。「どんなに理不尽な命令でも、命令だから従え」というのは誤用です。

本来は、相手の気持ちを推し量る令《うるわ》しい心を示す「忖度《そんたく》」も最近、権力者に迎合するという意味で使われ、言葉が汚《けが》れました。日本語は、しっかり使わないといけません。令は「零落」をイメージさせるからよくないという声もありましたが、中国の古典「詩経」によると、この「零」はもともとは霝で仮借で、天からの恵みの雨を意味しています。やっぱりいいんですよ。

こんなふうに義の精神、令の心の大切さを考えるのは、古代文学を研究してからのことですが、今思えば、父親からは、ものの道理、令しい心の大切さを教えてもらいました。

小学5年の時、当時鉄道省に出向していた父の転勤で、広島に引っ越しました。最初に住んだのは広島駅の東方、向洋《むかいなだ》駅がある漁村で、海岸にはコンビナートがあり、朝鮮半島から来た労働者が多い町でした。

一家が住んだのは、城壁のような石垣の上に立つ大きな家で、瀬戸内海の絶景が眺望でき、茶室や使用人用のトイレまでありました。もと初代内閣総理大臣、伊藤博文の妾《しょう》宅《たく》だったと聞いています。

寡黙だったが、やさしかった父・新太郎

いじめで痛感 母の愛

転校生はいじめられました。東京から来て、都会の子しか履いてないような革靴を履いていましたから、途端についたあだ名が「坊ちゃん」でした。

休み時間になると悪童たちは、わたしの周りで暴れ、わたしの机が倒れて、入れてあるものが散乱しても知らん顔です。ひどい時には、わたしが脱いでおいたセーターで、ふんと鼻をかまれたこともあります。

親に買ってもらった講談社「少年講談」シリーズの一冊を、うれしくて学校に持って行くと、帰るときにはもうない。取られてしまったのです。あれも悔しかったですね。それで先生に泣きついたら、何て言ったと思います?

「俺は知らんけどな、そういうものは持ってくるな」。がっかりしましたねえ。

そんなことが日常茶飯事で、母は薄々知っていたのでしょう。ある日、冴《さ》えない顔で学校から帰ると、母はわたしを勝手口の上がり框《かまち》に座らせて、バケツに入れた水で汚れた足を洗ってくれながら呟《つぶや》くように、「お母さんは、いつも進の味方だからね」と言ってくれました。この母の「慈愛」もまた、わたしの忘れがたい思い出です。

同級生のやさしく微笑《ほほえ》んだ顔も思い出されます。彼は、コンビナートで働いている外国人労働者の息子で、クラスでは何かにつけていじめられていました。ある日、降るともなく細かい雨が降っていた日のことです。学校からの帰り道、いきなりその少年に背後から声をかけられました。

――のれや。

自転車に乗っているわけでもないのに、何に「乗れや」と言っているのか、その時はわかりませんでしたが、何か月かたって理解しました。傘に入ることを「のる」というのは広島の方言だったのです。思い出してみると、あの時、彼は、わたしに傘をさしかけてくれていたのでした。

漁村の荒っぽい気風のあった向洋にいたのは1年ほどで、小学6年の途中で、広島市中心部に近い場所に引っ越し、比治山小に転校しました。この年12月に真珠湾攻撃があり、アメリカとの戦争が始まりました。

《1941年12月8日（現地時間7日朝）、旧日本軍の空母6隻などからなる機動部隊がハワイ・オアフ島の真珠湾を奇襲攻撃。開戦の通告が遅れたため、米国側は「だまし討ち」と非難、翌日に日本へ宣戦布告した》

その日は、冷たい空気がピーンと張りつめたような朝でした。アメリカと戦闘状態になったというラジオを父といっしょに聴いていたわたしはニュースにびっくり。隣にいた父の顔を見ると、「とうとうやったか」と言いました。

わたしはといえば、戦争という言葉は、日中戦争以来知ってはいても、日本から離れている場所での戦闘でしたから、なんとも絵空事みたいで、この先どうなるのか、開戦が何を意味するのか、わかっていませんでした。その恐ろしさを身をもって知ったのは本土空襲が始まった戦争末期です。

実感のないまま、いつのまにか悲惨な現実が確実に進んでしまう、それは歴史を見てもわかります。奈良時代に、恵美押勝（藤原仲麻呂）が政権を握り、淳仁天皇という傀儡政権をつくり、新羅征伐の準備を始めたときには軍船393隻の大船団を準備し、兵47000人を動員、訓練したという記録があります。先の戦争でも国民の知らないうちにまたたく間に軍備が増強され、多くの国民が動員され、多くの悲惨な死を遂げました。それが戦争の怖さです。

幼い頃、腹痛を起こすと、母（ヒサノ）は、庭のゲンノショウコの葉を土瓶で煮て、真っ黒になった汁を飲ませてくれた

苦手だった軍事教練

中学に入ってから新しく加わった科目に漢文がありました。文章の順番をひっくり返して読むなどということは予想もしなかったことだけに、この科目に大いに興味を持ちました。好きこそものの上手なれ。たちまちついたあだ名は「漢文先生」でした。

漢文の試験の前には、わたしのところに級友がダーッと集まってきて、「これはどんな意味だ」とか、どんどん聞くんですよ。

進学したのは、広島高等師範付属中学（現広島大学付属中・高校）で、全国から優秀な生徒が集まっていました。

1年の夏からは、わたし一人残して家族がひと足早く東京の家に戻ったため、わたしは寄宿舎生活になりました。そもそも広島に引っ越してきた時、周りに知り合いのいない母やきょうだいがさみしがり、わたしを含めてみんなで、「広島住まい、絶対反対」、帰京したいと書いた旗指し物を持って、父の帰宅を待ちかまえました。そうしたら、家族思いの父は驚くべき行動に出ました。なんと国家公務員である鉄道省の職をすて、鉄道関連の民間会社に転職し、東京に戻ることを決めたのです。そんなことは、僕だったらとてもできませんよ。

父は3歳で父親を失い、小学生のときに母親を亡くしたまま育ちました。だからこそ家族をとても大切にしたのでしょう。

東京の中学への転入が決まるまで、一人、広島に残ったわたしを訪ね、たまに面会に来る父親は、「好きなものを買ってやるぞ」と、いつもやさしかったですね。本屋に行き、好きな本を買うのも楽しみでした。「鬼畜米英」の時代で、その頃にはもう外国の本は並んでおらず、書き下し文の「古事記」を買ってもらった記憶があります。

それを寄宿舎で読んでいたら、上級生が「みとのまぐわい、って知ってるか」と聞き、〈この天の御柱を行き廻《めぐ》り逢《あ》いて、みとのまぐわいせむ〉と言って、一人で興奮していた。男女の交わりのことを知らないこっちは、何のことかさっぱりわかりませんでしたけれど（笑）。

もともとは自由な校風だった中学も、わたしの入学した年から制服が軍服のようになり、軍事教練もしっかり行われました。

《1925年より中等程度以上の男子学校に将校を配属して行われた軍事訓練。敗戦で廃止された》

これが苦手でねえ。当時、戦争は善だと徹底して教えられていましたから、戦争批判なんてまったくありません。ただただ、教練が嫌だったのです。

高さ2～3メートルの壁をよじのぼり、てっぺんの幅20センチほどの細道を歩かされるんですが、落ちたら骨折しそうで怖いんです、これが。でも、「怖い」なんて言ったら、非国民になる。

たいへんだったのは匍匐《ほふく》前進ってやつ。腕や足を使いながら腹ばいで前進するのですが、それを両手で模造の銃を持ちながらやるんですから、それはもう滅茶苦茶《めちゃくちゃ》疲れる。

そんな広島生活も3年半となり、一人のさみしさも募った頃、東京で編入する中学が決まりました。

1943年夏、わたしが中学2年生のときです。その2年後の8月6日、広島に原爆が落とされました。

原爆で、級友や恩師も亡くなりました。国語の瀬群《せむれ》敦先生は、いつも鎖のついた金時計を持っていることで有名でした。先生は、爆心から約1・5キロメートルの付属中にいて、倒壊した木造校舎の下敷きになり、31歳で亡くなりました。

焼け跡には骨だけ残り、時計で身元が確認できたそうです。

広島高等師範学校付属中学校1年の頃

万年床の寄宿舎生活

ちょっとここで、広島の寄宿舎生活についても話しましょう。親元を離れての初めての集団生活でしたから、思い出は尽きません。

居室は10畳ぐらいの大きさでしたでしょうか。そこに旧制の1年、2年、3年、4年、5年、各学年の生徒がひとりずつ計5人で寝起きしました。

勉強机のある部屋は別にあり、居室はいつも万年床状態。1年上の先輩がとてもやさしくて、いろいろなことを教えてくれました。

それまでは自宅の風呂に入るのが習慣でしたから、裸のつきあいには最初、慣れませんでした。どんなに小さな集団でも、そこに社会が生まれると競争が始まる。物不足の時代ですから、石鹸やタオルを忘れようものなら、もうない。

しかも、ろくにゆっくり風呂に入ったり、洗ったりすることもできない。5年生など上級生は大威張りでゆったりと湯につかっているけれど、下級生は彼らが出るのをじっと待つしかない。洗い場も上級生が優先で、わたしたち下級生はそそくさと洗ってさっと湯に入るだけです。

翌朝、上級生から注意されたことがあります。

「おい、首筋が真っ黒だぞ。そんなことではお姉さんに叱られるゾ」とからかわれたんです。

実は、ミッション系の広島女学院に通っていた姉が東京に戻る前に一度、男ばかりの寄宿舎を訪ねて来て、大騒ぎになったことがありました。わたしはたまたまおらず、会えずじまいでしたが、後から先輩に聞いたところでは、「メッツェン（ドイツ語で娘のこと）が来た、メッツェンが来た！」と、ひっくり返るような騒ぎだったようです。それでわたしには姉がいることを知ったのでしょう。

週末には、親元に帰る寄宿舎生も多く、家が東京のわたしはひとりぼっち。「積善館」という本屋によく行きました。戦争中は、江戸後期の国学者、平田篤胤《あつたね》がとても人気があり、その研究書を買ってもらって、1年の夏休みの自由課題で、平田篤胤の研究レポートを出したこともあります。

「福屋」というデパートに行き、書画売り場を歩くのも好きでした。長い木の棒の先に、二股に開いた金具がついているものが置いてあり、これは何だ、と不思議に思っていました。あれは、掛け軸を床の間などにかける時に使う道具なんですね。親元を離れての生活は社会勉強にもなりました。

寄宿舎で嫌だったことは、布団蒸しです。下級生を布団にグルグル巻きにして、いじめるんです。やっている方は悪ふざけのつもりでしょが、やられている方はたまりません。

「徒然草」にも、生きているものを殺し、傷つけ、闘わせて遊び楽しむような人は、その人自身が畜生と同じである、という文章があります。寄宿舎にも悪名高い先輩Sがいました。幸いわたしは別の部屋で、助かりましたが。

腹ぺこで読んだ広辞林

戦争中で、国防色一色の時代にあって、編入した旧制の都立武蔵中学（現都立武蔵丘高校）の中で、ひとりの先生の姿が鮮やかに浮かび上がってきます。荻野暎彦という美術の先生で、男の人はゲートルを巻き、胸に名札（空襲などで死んだ時、身元がわかるようにしていた）をつけていたあの時代、先生はただひとり、背広に蝶《ちょう》ネクタイで、それがスマートな長身にとても似合っていました。

学習院の校風に学ぶ、上品でおっとりとした学校で、荻野先生は「世界の窓」のような存在でした。いい学校でした。後輩には、都知事を務めた直木賞作家の青島幸男や、彫刻家の川崎普照《ひろてる》、建築家の六角鬼丈《きじょう》、「小さな恋のものがたり」で有名な漫画家みつはしちかこ、同級には漫画家の佃公彦、詩人の諏訪優がいます。漆芸の三田村有純《ありすみ》、日本画の川田恭子みんな同窓です。

その頃、いとこが海軍の経理学校に入っていて、わたしも関心を持ちました。ただ、極度の近眼でしたから1944年、中学3年生の初夏、瞳孔を広げて近視をなおす方法があると聞き、本郷の東大病院に出かけました。

そこで現れた若い医師は、牛乳瓶の底のような強度の眼鏡をかけた痩身《そうしん》のわたしに、「なぜ近眼をなおしたいの」と聞いた。「海軍の学校に行きたいからです」。すると、再び「なぜ行きたいの?」と聞かれたので、お国のためだ、決まっているじゃないか――わたしは不満を顔中に出して押し黙りました。

医師からは、「みんな行くから?」と吐き捨てるように言われました。

結局、受験はしたものの、書類で落ちました。応募する時の写真は、パンツ一丁の裸です。胸はガリガリ、度の強い眼鏡をかけていましたから、当然のようにはねられたのです。

次第に戦争が身に迫ってきました。アメリカ軍が日本の各都市に爆撃する本格的な本土空襲が始まったのが、この年の暮れです。物資は目に見えて欠乏し、配給は1日に太さ2センチ、長さ10センチほどのひょろひょろしたサツマイモが1本だけです。

育ち盛りですし、ひもじいですから、すぐに食べてしまう。それを見ていた父が、まだ食べていない自分のイモを黙って差し出し、「これを食え」と言ってくれたこともあります。

2年の3学期に勤労動員も始まり、3年の後半は授業なんかありません。

《1943年になると銃後の生産活動を支える労働力は一段と不足した。政府に残された選択肢は、中学校以上の学生や生徒を積極的に動員することで、勤労作業は授業として扱われた》

本屋に行っても読む本もありません。そこで、思いたって、三省堂の辞書「広辞林」を「あ」から読み始めました。調べるんじゃなくて、読むんです。

これがおかしかった。「あ」という感嘆詞があるかと思えば、「愛」があり、「過ち」がある。まったく性格の違う単語が何の脈絡もなく並んでいて、日本語の多様さ、無類の面白さを自学自習しました。

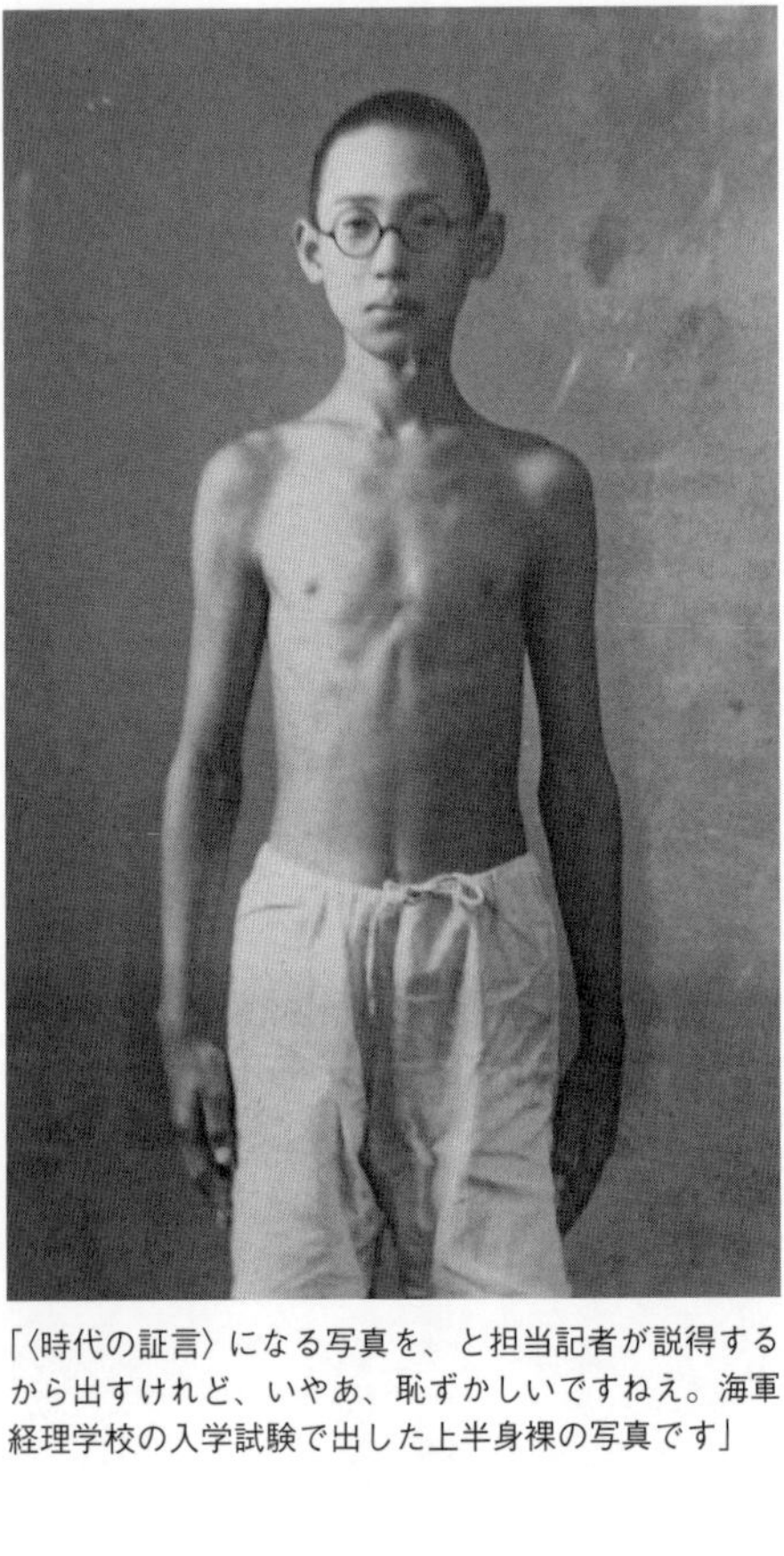

「〈時代の証言〉になる写真を、と担当記者が説得するから出すけれど、いやあ、恥ずかしいですねえ。海軍経理学校の入学試験で出した上半身裸の写真です」

敗戦の日　静寂とカラス

勤労動員では、東京の高田馬場にあった軍需工場で、機関砲の弾丸の先をつくっていました。

建物疎開にも協力させられました。空襲で、工場に延焼しないよう、周りにある民家を全部倒すんです。生徒たちで縄をつかみ、「せーの！」で引っ張ると、建物が倒壊する。そのときの土埃《ぼこり》がひどいのなんのって、もう呼吸ができないくらい。これが国防か、と思いましたね。

ある日には戦闘機に機銃掃射され、工場の屋根をバリバリと音が渡る恐怖の体験もしました。そうして東京大空襲を迎えました。

《1945年3月10日未明、約320機の米爆撃機B29が現在の東京都墨田区、江東区、台東区などを無差別爆撃。2時間半で32万発の焼夷弾《しょうい》が投下され、約10万人が死亡したとされる》

あの夜は杉並にあった自宅から外を見ると、東の神田あたりが真っ赤に燃えていました。夜が明けて工場に行くと、まだここかしこから煙が立ちのぼっていて、硬直した死体がゴロゴロ転がっていました。

並べられてなんかいません。それこそ散らばっていた。この無惨さこそが、戦争です。窒息死する人が多く、蠟《ろう》人形のように半透明な腕や手を伸ばした死体も目立ちました。

一方、縁故を頼って母と妹を疎開させた先が、家主の失火で全焼したのは6月頃です。東京の家は無事だったのに、全財産があった疎開の家は焼ける。運という言葉が身に染みました。

もう一つ、強烈な記憶があります。戦争の末期、空襲で倒れかかった電柱に、「東条を斬れ」というビラが貼ってあった。そんなことを書いたら殺されるかもしれない時代なのに……。予想だにしなかった現実でした。

空から落ちてきたビラを拾ったら、読まずに届けるように言われていましたが、ある時、チラッと見たら、こう書いてありました。

「日本のみなさんは騙《だま》されている。はやく戦争をやめなさい」

それでも鬼畜米英の時代でしたから、聖なる戦争に負けるとは思ってはいません。ある日、米軍のB29が撃墜され、ゆらゆらと落ちていくのを目撃しました。落ちたのは500メートルぐらい離れたところでしたが、どちらに逃げたらいいのか、即座にはわからず、みんなで右往左往し、機体がどんどん大きく迫ってくるのを呆然《ぼうぜん》として見ていました。落ちる時にはザザーッという音がしました。まだ息のある米兵を竹槍で殺したという噂が広がりました。戦後になってすぐにGHQ（連合国軍総司令部）が調査に来たようです。

戦争が終わりに近づくと、毎日のようにどこかで空襲があり、夜でも警報が鳴りました。だから、とてもゆっくり寝るなんてことはできません。それで、みんなは防空壕に逃げるんですが、僕は、もう、ふてくされて逃げない。すると、母親は防空壕から、いつまでもいつまでも僕の名前を呼ぶんです。母親っていうのはすごいですねえ。

終戦の玉音放送は、高田馬場の軍需工場で聞きました。8月15日。あの年の夏は、炎暑といわれた令和元年のように暑かったですね。

放送はよく聞こえませんでしたが、大人の工員は「負けた」と言っていました。そして、引率の教師に、連絡があるまで自宅で待機せよ、と言われたので、家路につくと、家には誰もいません。落ち着かないので、近くの丘までぶらぶら歩き、高圧線下の石の上に腰かけていつまでも呆然としていました。

すると、幾羽かのカラスが寄ってくるんですよ。あれはえたいの知れない未来の象徴だったのか。ひもじかったわたしと、腹をすかせたカラスとの連帯だったのか。とにかくカラスを追い払うこともなく、いっしょにいました。

現在がよくわからない。まして、未来もどうなるか、さっぱりわからない。反省とか怒りとかもありません。ただひたすらの静寂。ひたすらむなしさを感じました。

戦後74年。令和元年の終戦の日に一句詠みました。

昭和回顧

・人を焼き日月爛《ただ》れて戦熄《や》む

葉のしげり　～学びのころ～

学校再開　万葉集と出あう

戦争が終わってからの最初の記憶は、灯火管制の解除です。空襲を避けるため、夜になると電灯にかぶせていた黒い布や笠《かさ》が一斉に外されました。「あっ、夜もこんなにも明るいんだ」っていう感じでした。街は賑《にぎ》やかになり、ラーメン屋などに人々がワーッと行列をしている。軍服姿の復員兵がヤクザみたいに闊歩《かっぽ》する異様な姿も印象に残っています。

《復員兵には戦地で負傷し、心身に障害を負った者も少なくなかった》

国民全体が貧困にあえぎ、社会は混沌《こんとん》としていました。占領下の日本では、原爆に関する情報は米軍によって厳重に管理され、わたしにはわからないことばかりでした。一発の爆弾で大量に殺戮《さつりく》する原爆の悲惨を知ったのは、戦後しばらくしてからのことです。

戦国時代の日本では、「やーやー、我こそは」と武将たちは名乗りあってから戦った。空襲でも当初は、軍需工場が狙われた。この戦争の概念をすっかり変え、一発の爆弾で、戦闘員と一般市民を区別せず、想像を絶した悲惨をもたらしたのが原子爆弾です。戦争を繰り返してはなりません。

人々は生き延びることに必死で、授業はなかなか始まりませんでしたが、夜はロウソクを灯《とも》して勉強しました。毎晩、停電するからです。停電になると、本を持って今のJRの環状線に乗って、都心をグルグル回りながら読書する。これは至福の時間でした。ある時、ロウソクの蠟《ろう》を、英和辞典のコンサイスの上にたらしてしまいました。辞書のインディア紙は蠟がつくと裏側が透けてしまい、読めません。それでも大事に使いました。

西田幾多郎の「善の研究」が発売された時は、西荻窪の本屋に並んで買いました。長い行列で、売り切れやしないか、気が気でなりませんでした。買いたての本を鼻に当てると、プーンとインクの匂いがして、これが平和の匂いか、と思ったものです。

戦後の紙不足の時代です。本の紙は、仙花紙という粗悪なものでしたが、文章は今も心に残っています。とりわけ、〈ハイネが静夜の星を仰いで蒼空における金の鋲〉と書いたくだりの分析は心に刺さりました。〈天文学者はこれを詩人の囈語として一笑に附するのであろうが、星の真相は反ってこの一句の中に現れているかも知れない〉と西田は記しています。

物理的な星の真実よりも、それを〈金の鋲〉と感じる芸術的な感興のすばらしさを認める――そこに新しい価値観を感じました。戦争に勝つ、勝負に勝つ。そのことばかりが称揚されていた時代の終わりを感じたのです。

やがて学校が再開された頃、旧制中学4年生でしたか、授業で万葉集を学びました。これが万葉の世界との初めての出あいの記憶です。でも、教科書にあった山部赤人《やまべのあかひと》や高市黒人《たけちのくろひと》などの代表歌5、6首を学んだだけで、僕にとって万葉集は、古今集、新古今集などに並ぶ古典の一つにすぎません。

赤人の歌は、吉野のこずえでさえずる鳥を歌った〈み吉野の象山《きさやま》の際《ま》の木末《こぬれ》には　ここだもさわく鳥の声かも〉だったかな。

ただ、わたしは、歌に感じるどころか、名前がおかしいと思っただけですからほんと情けないですねえ。

藤崎一史先生に、「赤人とか黒人とか、へんな名前ですけど、どういう意味があるんですか」と聞いたんです。そうしたら、先生は「おれもわからん」。

尊敬しましたねえ。わからないことをわからないと答える姿勢は立派です。

そういえば、また思い出しました。藤崎先生は、東大国文をたしか昭和18年に卒業した秀才で、同学年には国語学者の大野晋さんもいます。この「8」という数字は、東大では秀才がそろうんです。わたしは後に東大に進学しますが、その時の恩師の久松潜一先生は大正8年組です。28年卒のわたしは、「28年組もそうあれ」と思ったものです。

しかし、中学時代にはまだ万葉集の魅力に気づいておらず、自分が将来、万葉集を研究することになるなんて、思ってもいませんでした。

今回、万葉集を典拠にした新元号の令和が発表された際、戦争中に賛美され、利用された万葉集を典拠にした元号は、けしからんという意見も出ましたね。

しかし利用されたのは「万葉集」の中のごくわずかの歌です。その代表は〈今日よりは顧みなくて大君の醜《しこ》の御楯《みたて》と出で立つ我は〉でしょう。この歌は、今日からは、わが身を「顧みないで」、大君のお守り役として出発する、という歌で、戦争中に利用されました。しかし、「顧みないで」は仏教の「不惜身命《ふしゃくしんみょう》」を利用したもので、「滅私奉公」なのではありません。しかも「防人《さきもり》の歌」は農民兵の悲しみを歌ったものが大半です。その万葉集の一部を戦争に利用した人を責めるのではなくて、悪用された万葉集を責めるのは、本当におかしい。

受験時代　生死をさまよう

おかげさまで90歳の今日まで元気なわたしですが、生死の境をさまよう手術をしました。

中学を卒業し、城西予備校に通っていた冬、虫垂炎に罹《かか》ったのです。腹痛をおなかが冷えたのが原因かと思い温めたら、虫垂が膿《う》み、痛さで身動きもままならない。タクシーや救急車なんて、当時はありません。家族が近所からリヤカーを借りてきて、近くの病院まで運んでくれました。

すぐに麻酔もないまま手術しましたが、腹膜いっぱいにたまった膿《うみ》を出し切らずに縫合したため、ますます熱が出て再度手術、結局3か所切りました。

ある日、母親と看護師さんとの会話を聞いてしまいました。「盲腸では死ぬことはないでしょう」と聞く母に、看護師は、「死ぬこともあります。それは坊ちゃんのような場合です」。

結局、治るまでに4か月ほどかかりました。

うれしい思い出もあります。高い治療費を親に出してもらうのは本意ではないので、軍医出身のお医者さんに「アルバイトするから支払いを待ってほしい」とお願いすると、「おー、いいですよ」と快諾してくれたのです。1年ほどかけ少しずつ払いました。

リヤカーで運ばれる時、物見高いやじ馬に対して、3学年違いの弟の朗《あきら》が「近寄るな」と怒って言ってくれたこともうれしかった。

弟とはケンカした記憶はあまりなく、いっしょによく昆虫採集したり、その道具の買い物をしたり、仲よしでした。ひとつ後悔もあります。ある日、庭の園芸をしていて、シャベルだったか、誤って弟の頭に当たってしまったのです。弟はイターイ、イターイと叫びながら家に駆けこみはしましたが、一切、恨みがましいことも文句も言いませんでした。とても立派な弟でした。

彼は算数、数学が得意でした。数学の問題を解くと、わたしの方が先にできなくちゃいけないでしょ、建前上（笑）。で、先に解くんですが、弟は正解で、わたしはといえば間違いだらけだったこともありました。

彼は、東京学芸大の数学科を出て、東京で最年少の教頭、校長になったらしい。かなり後年の話ですが、文化庁の国語審議会に出ると、なんと隣に、中西朗という名札が並んでいて、「えーっ」と思ったことがあります。弟は当時、全国中学校長会会長で、中学校校長を代表して出席、わたしは国語の専門家として呼ばれていたのです。

また、余談になりましたね。話を戻すと、わたしは入院がつづき、体がフラフラしていて、まともに動けず、なんとか、1校だけ受験した旧制の早稲田第二高等学院に合格しました。

しかしその面接はすばらしかった。「文学部に進む」と答えたら「その何を勉強したいの」と言われて、とっさに「フランス文学を勉強したい」と言うと、試験官から「では何をやりたいの」と聞かれて大こまり。前日に岩波文庫で読んだばかりだったので「愛と死との戯れ」を思い出してこう答えました。「ロマン・ロランを研究します」。

さらに3人の面接官は、小説のどこが面白かったのかとか、どんな研究をしたいのかとか、しつこいほど聞き、わたしも懸命に答えました。びっしょり汗をかきましたが、自分が、一人前の人間として扱われている感じがして、大きな満足感がありました。あのまん中に座っていた先生は仏文の佐藤輝夫先生ではなかったかなあ。

あの頃は、フランス文学にも憧れがあり、翌年大学に進学してからは、御茶ノ水のアテネ・フランセにも3年間通っています。

《アテネ・フランセは1913年に開校したフランス語学校。谷崎潤一郎、坂口安吾、村岡花子ら多くの作家・翻訳家が通った》

ちょっと先の話になりますが、アテネ・フランセには、黒の詰襟の学生服に東大文学部のLの襟章をつけて通いました。Lは、Ｌｉｔｅｒａｔｕｒｅ（文学）のLです。僕は、このLをＬｏｖｅだと言っていました（笑）。しかも、アテネ・フランセに通う学生だから、仏文の学生と思われて、さいしょは女の子が寄ってくるんですよ。当時、フランス文学は人気でしたから。でも、話をしているうちに国文とわかると、女性はスーッと離れていってしまいました（笑）。

早稲田第二高等学院時代、学友（右）と

短歌に熱中した大学時代

高等学院時代での忘れられない思い出は、校舎の屋上に一人で上がったときに見つけた落書きです。ホコリがたまったタンクに、金釘のようなもので歌が書いてあった。

・しみじみと物のあはれを知るほどの少女となりし君とわかれぬ

つくづく、いい歌だなあ、と感動して、僕はついに、こういう歌をつくる学生がいる学校に入ったのか、そう思い、満足感にひたりました。

後になって、この歌は北原白秋の歌とわかりましたが、あの時の大人になったという実感だけは忘れられません。

早稲田時代は短歌に熱中しました。たまたま読んでいた「早稲田文学」に都筑省吾という先生の短歌が出ていたので、教室で「読みました」と伝えたら、先生は大喜びでねえ。

「君、うちへ遊びに来ないか？」

それが縁となり、先生が主宰していた窪田空穂《うつぼ》系の短歌結社「槻《つき》の木」に入り、歌をつくりはじめたのです。厳しい先生で、最初の日、「こんど来る時に１００首持ってらっしゃい」と言う。ほかにも何人か同じことを言われましたが、持って行ったのは僕だけです。

友人に誘われて、「万葉集評釈」の著者で、歌人の窪田空穂さんを訪ねたこともあります。お宅は、門を入るとすぐに大きな槻の木がはえていました。

《窪田空穂（1877〜1967年）は、読売新聞の記者として「身の上相談」欄の回答者もした。母校・早大教授として万葉集などを研究。枯れた作風の短歌は、与謝野鉄幹に評価された。文化功労者》

訪問の際、空穂さんに「どこに住んでいるのか」と聞かれ、「杉並区の高井戸です」と答えると、「高い井戸というのは、深い井戸だな」とおっしゃった。漢字から地名の由来を洞察する姿は忘れられません。これ、いい話でしょ。

同級生の多くは翌年、新制の大学に進み、4月からは早稲田の角帽をかぶりましたが、わたしは受験の仕切り直しで、5月がスタートだった国立の東京大学文科2類を受験しました。

短歌熱は東大時代もつづき、東大短歌会をつくり、東大俳句会にも所属しました。3年になってからの文学部時代には、本郷キャンパスの三四郎池近くにあった建物を会場に、大学連合の歌会もやりました。

当時の雑誌を見ると、慶応大からは医学部の岡井隆さん、駒沢大では日本初のゲイ雑誌「薔薇《ばら》族」創刊で有名になった伊藤文学さん、早稲田からは篠弘さん（歌人）が参加しています。伊藤さんが「渦」という第一歌集を出したときには、頼まれてわたしが序文を書きました。

その頃、歌人の宮柊二《しゅうじ》さんの歌に衝撃を受け、門を叩きました。きっかけは、入っていた結社「槻の木」の先輩同人が、「宮さんと歌が似ている中西という学生がいるから、一度、会ってもらえませんか」と手紙を書いてくれたことでした。これに対して、宮さんが、「会いましょう」と言いつつ、「歌が似ていることは、何ほどのことでもありません」と言ったそうです。その気骨ある言葉に、ますます気になる歌人となり、お会いした後、東京・日比谷の松本楼で開かれた宮さん主宰の「コスモス」短歌会の結成大会に出席しました。その後、大学院の修士時代、研究と創作の両立はむずかしいと感じ、創作からは離れました。もちろん、短歌を実作することも万葉研究を深める手段です。

大岡信さん（詩人、文化勲章受章者）と仲よくなったのも学部時代です。彼の父の歌人、大岡博さんが空穂の弟子で、息子も東大に通っていると教えられ、交友が始まりました。夏休みに彼の実家のある三島市（静岡県）に行き、三島大社の境内を案内され、御神木のクスノキをいっしょに見ました。

それからしばらくして、文芸評論家、小林秀雄の文章を読み、あっと思いました。それは、長谷川泰子という一人の女性をめぐって三角関係になった詩人の中原中也と小林が、鎌倉の妙本寺を散歩し、境内に咲く海棠を見たときの回想でした。寺社をともに歩くという因縁に、文学の交流を感じたのです。大岡信さんとは、一人の女性をめぐって争ったことはありませんがね……（笑）。

1952年には、大岡信さんの肝いりで出た「赤門文学」では、大岡さんが詩一篇「地下水のように」と評論「エリュアール」を掲載し、わたしは「晩夏」10首を発表しました。

この時の歌で後に、宮さんにほめられたのは次の三首です。

・山の風ふかき音して降るときふふみ声たて鳩は歩める
・砂灼《や》けてしづもり深き寺の境《には》舞ふ鳩むらの羽翳《かげ》りして
・聰明に愛するを知らざりしとふシェリーを思ふ心憑かれて

昨今、万葉学界の仲間から、事あるごとに「中西には混浴の歌がある」と言われるのはこの歌です。

・湯にひたり身の過去《すぎこし》を女言ふ瞑《めつむ》れば夜の音も聞こゆるに

箱根の温泉に入っていたら、年配の仲居さんが入ってきた時のことを詠んだものです。騒ぎ立てるような歌ではありませんよ（笑）。

学生時代に自宅を訪問した歌人、窪田空穂（中西進撮影）

「東大俳句」第九輯（昭和二五年十二月）より

匙

中西藻波

秋立つ野りりと日輪霧散らす
立秋の野づらを遠み神を欲る
羽蟻の夜憂心重くして寝ぬる
文待つや蓑虫の殻いぢめつゝ
午後時雨厨ゆ匙の觸るゝ音
美展図録秋夜の汽車の響刻む
山國の夜を明かす鶏鳴《とき》凍てるばかり

生家近くの文化人

きょうは自分の生まれ育った家の記憶を語りましょうか。生まれた家には、門から玄関まで、長くて細い道があり、いろんな植物が植わっていました。父は他所からよく植物をもらってきて植えるんです。金をみがくといわれる古くから日本で親しまれてきた十草《とくさ》がありましたね。そのシダ科の十草とか春に咲く春蘭などが玄関につづく道にあるのです。

山寺、山形県の立石寺に行った父が持ち帰り、細い道の脇に植えたのは苔でした。寺は松尾芭蕉の〈閑《しずか》さや岩にしみ入る蟬の声〉でも有名ですね。そこで中学生の頃だったか、父に「ここはわが家の『奥の細道』だね」と言ったものです。

また、子どもが生まれると月桂樹を植える習慣があり、私の月桂樹もありました。「これがお前の月桂樹だ」と教えられました。

裏庭にも実用の植物が多く植えられていました。わたしは幼い頃、よく胃を悪くし、腹痛を起こしました。そこで母親が植えたのが、下痢に効き、胃を丈夫にするとされていたゲンノショウコでした。ゲンノショウコは「現《げん》の証拠」で、すぐ効き目が現れるからこの名がついたのです。

「毒矯《た》み」、つまり毒消しになるドクダミも裏庭に植わっていました。腫れ物ができると、ドクダミの葉を貼ってもらいました。

そして家の近所には、今思うと、いろんな学者や作家が住んでいました。インド哲学、仏教哲学の権威で文化勲章を受けた中村元《はじめ》さんは久我山に住まわれていて、散歩の途中に「中村元」という表札を何度も見つめました。この方は、仏典を平易な口語訳や講演を通して、一般にもなじみ深く伝えた学者です。難しいことを難しくというのはたやすい。それを誰にでもわかるようにわかりやすく言うのは、本当に理解していないとできないんですね。

ドイツの哲学者の「ショーペンハウエル随想録」などの翻訳をされた増富平蔵さんは、家の前の古い一軒家に一人で住んでいた「変わった」おじさん。国語学者の金田一春彦さんも近所で、春彦さんの絶妙な講義は東大で聴きました。戦前の昭和15年に「密猟者」で芥川賞を受けた寒川光太郎さんがやっていた古本屋も、西荻窪の駅に行く通り道にありました。

一番の記憶は歌人の宮柊二さんのお宅で、わたしの家から井の頭線で1駅ほどしか離れておらず、砂利道を歩くと十数分で着きました。はじめてお邪魔したのは、大学生時代の昭和26年6月10日です。なぜ、日にちまで克明に覚えているかといえば、その折に宮先生の歌集「小紺珠」に、日付とサインに加え、「中西進詞兄」と書いて贈られたからです。その本は、いまも京都の自宅の離れに建てた書庫に大切に保管してあります。

当時の高井戸界隈は、武蔵野の面影があちこちに残っていて、農家の大きな欅や雑木が鬱蒼と生い茂り、竹群もありました。大雨になると増水し、「人食い川」とも呼ばれていた玉川上水も流れ、そうした景観は、宮先生の作品を豊かにし、わたしの心を育んでくれました。

そういえば、宮さんは夏になるといつも蚊帳の中で仕事をされていました。誕生日はわたしと2日違いの8月23日。ある年のその日にスイカを持っていったら、宮さん目下蚊帳の中でお仕事中。奥さんにスイカを割らせてね。二人でかぶりつきながらさし向かいで話しました。懐かしい思い出です。

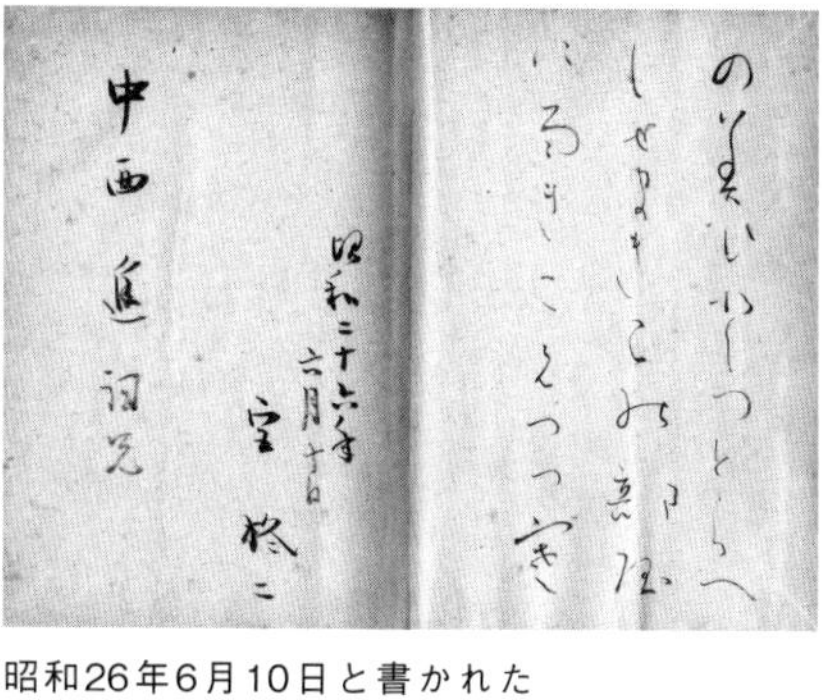

昭和26年6月10日と書かれた
宮柊二さんのサイン

駒場の2年 絵心も学ぶ

駒場時代には美術部にも入りました。実はわたし、小学1年生の時に描いた絵が大きな展覧会に出品され、優勝したことがあるんです。それが2軒隣に住む画家、中村玲方さんに伝わり、大喜びで「これから教えてやる」ということになった。「ほら、こう描くとサルになる」といって髪の生え際の線を描くと、みごとにサルが登場する。びっくりしました。写生やスケッチに連れて行かれました。6Bの鉛筆を小刀で削るとどんどん短くなって叱られました。

文化勲章を授与された日本画家、川合玉堂を師と仰いだ玲方先生には、筆の持ち方からスケッチの仕方まで、基本をていねいに教えられ、幼い頃は「絵描きになる」と威張ってたんです（笑）。

それで美術部です。仲間には後年、立教大学の仏文の教授になり、岩波文庫から出ている「フランシス・ジャム詩集」を翻訳している手塚伸一くんら10人ほどがいました。手塚くんはドイツ文学の手塚富雄の令息です。

黒田頼綱さんのアトリエにも通い、いろいろ教わりました。「湖畔」「智・感・情」などの絵画で知られる「近代洋画の父」、黒田清輝さんが伯父にあたり、養父でもあって氏は光風会の審査員をされていました。後に女子美術大学の教授になった方で、展覧会にもよくいっしょに行きました。

頼綱さんは、終始無言。寡黙な人でしたが、画家でもある奥さんの久美子さんは、とても華やかで面倒見のいい人でした。

思い出といえば、黒田さんのアトリエで行われていたヌードクロッキーです。女性のヌードを見たのは初めてかって？　そうそう。あれが最初にして最後かもしれない（笑）。

たぶんその頃のわたしは黒の学ランを着ていたと思います。熱心に描きましたねえ。

モデルさんは、黒田さんのお弟子さんの「はい！」という合図をきっかけに、1分もしないうちにポーズを変える。その瞬間、動かず物体のように見えていたものが、人体に変わる。それも鮮烈でした。

画力はどうかと聞かれれば、手塚からは「お前、一番下手だ」って言われたけれど、それほど下手ではなかったと思います……。残念ながら、その頃の絵は残っていませんが。

「東大短歌会」ではガリ版刷りの同人誌「方舟」を出していましたが、その表紙絵にわたしのクロッキーを一回使ったこともあるんですよ。その号もどっかにいってしまった。教養学部時代の2年間は、文学青年であると同時に、美術青年でもあったのです。その後、美術エッセーもたくさん書きました。

自動車のハンドルでも、遊びが大切というでしょ。ぼくの場合も、学生時代にいろいろ遊んでいたことが、後から考えると、糧になっていたと思います。

東大在学中に恩師（向かって左が久松潜一、右が時枝誠記各先生）や仲間たちと（前列右から５人目）

学友3人「源氏」読破

そんなこんなで駒場の教養学部時代は、友人としゃべっている時間が多かったですね。図書館の周りは春先になると沈丁花《じんちょうげ》が咲き乱れ、いい陽《ひ》だまりなんです。そこで、当時のはやりの言葉でいうと駄弁《だべ》っているうちに、授業は終わっているんですね。

でも、そのおしゃべりで入ってくる文学談議や本の話には刺激されましたね。当時話題だった田宮虎彦の小説「足摺岬」が載っている雑誌「人間」を図書館からこっそり持ち出し、授業中、ひざの上に置いて読みふけったこともあります。

あの当時の学生が必読とされていた出隆《いでたかし》「哲学以前」は思い出の本です。

《「哲学以前」は東京帝大哲学科の教授となった出隆が20代に書いた本で、阿部次郎

「三太郎の日記」、西田幾多郎「善の研究」と並んで旧制高校生の必読書とされた》

出隆さんのお嬢さんと同学年で、わたしの本に「お父さんにサインをしてほしい」と頼みました。すると、戻ってきた本になんて書いてあったと思いますか？〈読まんほうがよろしい　たかし〉とあった。驚きましたね。

授業をさぼってばかりでは進級できません。20世紀文学の金字塔とされるプルースト「失われた時を求めて」の名訳を生んだ仏文学者で、担任だった井上究一郎先生の授業は受けましたし、「源氏物語」の授業も出ました。クラスには英文に進み、商社の丸紅アメリカの副社長になった松井睦や、国文に進み獨協大教授になった大熊五郎がいて、いっしょに出席しました。

ところが授業は半年で終わってしまい、源氏講読は一部だけ。そこで誰が言い出したか、「この機会に全部読もうじゃないか」ということになり、放課後、3人で最後まで読みました。もちろん原文です。

その時の思い出があります。それは光源氏が、紫の上といつしか親密になりますが、原文を読んでも、どこで2人が結ばれたのか、これがわたしにはさっぱりわからない。

そこで、「ははあ、ここだよ」と笑い、〈男君はとく起きたまひて、女君はさらに起きたまはぬあしたあり〉の箇所をさしたのが大熊でした。

大熊は10歳年長で、戦争中は、陸軍衛生兵でアリューシャン列島にいて、当時すでに嫁さんもいました。

褥《しとね》を共にしている光源氏と紫の上。そうして男君は早くお起きになり、女君はお起きにならない朝があった。この何てこともない表現に、深いものをこめる「源氏」の物言いはすばらしいですね。

教養学部を終えて3年になり、どの学部を選ぶかという時、父に一度だけ「法学部に行かないのか」と聞かれたことがあります。この年は文科1類からでも2類からでも好きな学部に進むことができました。父は鉄道省の役人だったから、法科に行けば将来が安定すると思ったのでしょう。

しかし、僕は「今さら、そんなことを言われても……」と思い、拒否しました。だって、俳句を通して、わたしに文学を吹き込んだのは父なのですから。

大学時代は、よく上高地などに旅もした

最初にひかれた家持の歌

東大の国文学科時代の恩師は、久松潜一先生です。

《久松潜一（1894～1976年）は国文学者。著書に「契沖伝」「日本文学評論史」「万葉集の新研究」など。66年に文化功労者》

日曜には午前中からお宅に伺い、何時間でも居座っちゃうんです。しかし、先生は厭な顔一つせず、昼時になると、「何か軽いものでも」とおっしゃる。

すると佐佐木信綱（歌人、第1回文化勲章受章者）の娘さんの奥さまが、パンの耳を切った本格的なサンドイッチを作ってくれる。食料が乏しかった時代、うれしかったですねえ。

久松先生との出会いは2年の教養学部時代。東大俳句会の講師をお願いに、俳人の中島斌雄《たけお》さんを日本女子大に訪ねた時、同席されていた先生を紹介されたのです。そこで久松先生から「本郷では何をするんですか」と聞かれ、「国文科に行く」というと、「万葉集を勉強したらどうか」と言われたんです。

「はい」と答えたことが万葉との本格的出あいのきっかけです。俳句、短歌にどっぷり漬かっていた人生が、わたしに万葉集を選ばせたとも言えますが。

最初に好きになったのは大伴家持《やかもち》です。

・うらうらに照れる春日に雲雀《ひばり》あがり情悲《こころ》しも独《ひと》りしおもへば

春の日に雲雀が飛ぶのを見て、一人もの思うと、なんとも切なくなっていく……。まさに青春の歌です。

万葉集は、男性的でおおらかで「ますらをぶり」とされ、古今集以降の女性的で優雅な「たをやめぶり」と比較されますが、故郷を離れる心を歌う「防人《さきもり》の歌」をはじめ、人間の息遣いを感じられるのが何よりの魅力です。

「ますらを」の歌もただ男っぽいのではない。

・大夫《ますらを》や片恋ひせむと嘆けども醜《しこ》の大夫なほ恋ひにけり

男子たるもの片思いなどするものか、と思うけれど、ふがいない男子であるわたしは片恋に苦しんでいる、という人間的な歌です。

このように万葉集では、生命力があるかないかで、よい歌と悪い歌が区別される。これに対して、古今集以降は違ってきます。たとえば古今集で白菊について詠んだ凡河内《おおしこうち》躬恒《みつね》の歌があり、百人一首にも入っています。

・心あてに折らばや折らむ初霜の置きまどはせる白菊の花

初霜がおりてあたり一面が白くなり、白菊を折ってみようと思っても、霜か花か見分けがつかない、という内容ですね。これが老眼になったから見えないというなら人生がある。でも、上手か下手かが価値観となった古今集のこの歌は、紛らわしいということをうまく表現しているけれど、人生がありません。

わたしは断然、万葉派でした。学部時代、大学院の修士課程と合わせて4年間、久松先生のすべての授業に出ました。お講義は、学生の顔は見ずに、ひたすら講義ノートを読み上げる。それを学生はひたすらノートにとる。

とにかく冗談1つおっしゃらない真面目一本やりの講義で、たった一度だけ、冗談らしきことを言われたのを覚えています。それは高市黒人の〈旅にして物恋しきに山下の赤《あけ》のそほ船沖に漕ぐ見ゆ〉という歌を講じられた時、こうおっしゃいました。「あけのそほ船というのは、赤い土を塗った船で、官船です。今もポストは赤いですね」。教室には、ふっと、さざ波のように、立つか立たないかわからないような笑いが立った。それが4年間聞いた全講義でのたった1つの冗談です。

でも、講義は全部身に染みました。和歌史から文芸評論、契沖論から国学まで、とにかく構えが大きく、好みが柔和でした。わたしが万葉から源氏、江戸期文学までいろいろ関心を持つのは、一に先生の影響です。

加茂真淵でしたか、研究するなら古代を勉強しなさい、と言っています。古代は、山でいえばてっぺんだから、よくものが見えるからです。古代を中心にした先生のすそ野の広い講義が、わたしの基礎をつくってくれたのです。

でも、学べば学ぶほどに歌好きなわたしには困ったことがおきてきました。万葉集だけでは、物が片付かないのです。

東大時代の恩師、久松潜一先生

卒論674枚 大八車で運ぶ？

令和が始まり、典拠となった万葉集が読まれることは、とてもうれしいことです。その本質は約4500首の半分近くが詠み人不明という無名性にあります。

・多摩川にさらす手作りさらさらに何そこの児《こ》のここだ愛《かな》しき

教科書にも載るこの東歌《あずまうた》は、いかにも万葉らしい、生き生きとした歌ですね。

ただ、これを逆に言えば、万葉集には、天皇や貴族など上級の官僚の歌は少ない。令和の典拠となった「梅花の宴」序文を書いた大伴旅人《たびと》とその息子で万葉集を編纂《へんさん》した大伴家持《やかもち》は上級官僚でしたが、当時は、必ずしも一級の文化人とは見なされていなかった。

中国の文化が尊重されていたあの時代では、漢詩をつくるのが一流の教養人の条件で、万葉集よりも、漢詩集である懐風藻の方が格が上だったのです。

《懐風藻は、奈良時代に編纂された日本最古の漢詩集。近江朝以来、80年間にわたる作者64人の漢詩を配列。作者は官人が中心で、五言詩が圧倒的に多い》

今でも、横文字ができる人の方が威張っているでしょ。あれと同じです。

それと万葉の歌には、2人の男性が、ひとりの女性を争う高橋虫麻呂の長歌など物語性豊かな作品があるにはありますが、やはり歌には限界があって、すぐれた物語は、ひらがなが誕生した平安時代に「源氏物語」などが登場するまでは出てこない。好きな和歌の世界だけに近親憎悪のような感情が生まれました。

そこで卒論のテーマは「上代文藝に於ける散文性の研究」にしました。日本の古代で韻文と散文はいかに成立したかを研究したもので、それは韻文の限界を知り、同時に、かな文字が生まれる以前の声に出して詠む歌言葉に込められた魂、リズムなどの特色を探ろうという試みでした。

この卒論を令和元年の10月、東京書籍から卒寿記念として出版しました。数えると、400字詰め原稿用紙で674枚あります。

「中西は、膨大な卒論の手書き原稿を大八車で運んで、（本郷の）菊坂を上れなかった」という伝説がありますが、それは嘘《うそ》です（笑）。大学時代はボート部に入り、ボートばかり漕いでいて、学校ではほとんど出会わなかった同級生の半藤一利くん（「文藝春秋」編集長などを経て、作家）が、「中西が万葉集を書くので、自分の卒論は、堤中納言物語にした」とあちこちで書き、話していますが、これもおおげさじゃないかなぁ（笑）。

《卒業論文のテーマ提出のときになって、（中略）同級生の何人もが「万葉集はやめろ」と言う。「なぜ？」「同級生に万葉集のお化けがいる。中西進だ。あいつは小学生のときから万葉集を全部暗記している。あいつと比べられたら卒業も危うくなるぞ」》

（「のこす言葉　半藤一利　橋をつくる人」平凡社から）

小学生の時から暗記していたのは百人一首で、4500首もある万葉集の暗記はとてもできません。それに卒論では万葉集も重要な題材でしたが、あくまで散文性の研究が中心でした。

夜間高校　教師生活の原点

卒論は1か月間で、しゃにむに書きました。なぜ、そんなせわしいことになったかといえば、本郷の国文学科時代も、源氏物語のラジオ用のシナリオを書いたり、短歌会や句会をしたりと忙しく、執筆直前も東大短歌会の同人誌「方舟」の編集にかかりっきりだったからです。

提出期限は1か月後のクリスマス。毎日、その日書いた枚数をグラフに記録して取り組みました。

寒い冬、座卓の下に行火《あんか》を入れての執筆です。ある夜にはうたたねし、母親に発見されなければ家が火事になるところでした。

そうして、卒論を提出し、いよいよこれで勉強ともおさらばと気づくと、不思議なものですねえ、それまでたいして身を入れてなかった勉強をもっとしたくなった。そこで久松先生の推薦で大学院に進みました。

進学の時テーマを聞かれ、「万葉集と中国文学の比較をやりたい」と答えました。「万葉集」も含めて古代では、中国文学の影響が圧倒的に強いからです。

「それはいいですね」とおっしゃった、弾んだ調子にびっくりしたので覚えています。その声に背中を押され、修士の2年間は「万葉集と漢文学」をテーマに研究しました。これがまたたいへんでした。

大学院1年は、わたしの社会人デビューの年で、忘れもしません、板垣退助が肖像となった新百円札が出た1953年、東京都大田区、森ヶ崎にあった都立雪谷高校の定時制で教師になりました。小遣いぐらい自分で工面しようと、教員免許をいかして働いたのです。月給は4、5千円だったかな。教師が6人ぐらいしかいない小さな学校でした。

戦後8年。都会の不足した労働力を補うため、東北などから中卒の子らが大量に学校周辺にある自動車工場などに送りこまれ、そこで工員をしているわけです。彼らは、昼の仕事を終えると、油が染みた、よれよれの作業服姿のまま集まってくる。

弟や妹の学資を出すために働き、弟、妹が社会人になったというので、自分も勉強しようと通う若者や、子育てを終えた母親も生徒にいました。

小学校を夜間だけ間借りした分校でしたから、教室に並ぶのは小さな机と椅子。そこに大の大人が体を曲げて机に向かう。試験の時なんかに夢中になると、椅子を後ろに倒して、床に座り込んで答案と格闘している若者もいました。

《都立雪谷高校が、大田区立大森第四小学校内に森ヶ崎分校を設置したのは1948年。54年に森ヶ崎分校は区立糀谷中学校に移転し、糀谷分校と改称した》

昭和8年建築の校舎には冷房も暖房もなく、教室の吊《つ》り電球もろくについていない。10人ぐらいの生徒は、ついている電球の下に、まるで明かりに集まる蛾《が》のように座っていたものです。

貧しくても本当に勉強しようと願っている人たちとの出会いは、山の手育ちのわたしには感動的でした。

あの1年は、わたしの教師生活の原点です。

夜間高校教師時代、分校が間借りしていた当時の大森第四小学校の校舎。
「左側の黒っぽい建物で授業をしました」

家計支える生徒の姿に涙

忘れられない生徒がいます。羽田空港の近くにある東京都大田区の森ヶ崎の海辺は当時、海苔《のり》の養殖が盛んで、その生徒は家業を手伝っていました。

海苔をとるために真冬の海に手を入れるのがいかにつらいか、職員の間でよく話題になっていました。その生徒の一人が、欠席がちになったある日、街でばったりと出会ったのです。彼は、たくさんの新聞を抱えて、道を急いでいました。家計を支えるために新聞配達もやっていたんですね。

足を止めた彼に、わたしは、「忙しいだろうけど、学校にも来なさいって」と言いました。彼は、じーっとわたしを見つめたまま黙っていて、行くとも行かないとも言わない。そして、目を落とすと、さっと去ってしまった。

わたしはぽろぽろ涙をこぼしました。

こんな出来事もありました。ある日、間借りしている小学校の教師が、酔っぱらって廊下を行き来し、あげくの果てには教室の中にまで入ってきて、「お前ら貧乏人め」などと居丈高にわめき始めたのです。「出て行ってください」と言っても、「ふん、夜学の教師が……」と罵言《ばげん》がつづく。

若造だったわたしはもう我慢がならず、授業後、学校の一角に住む校長さんに抗議したんですよ。

翌夜の学校は、ただならぬ気配で騒然としていました。生徒たちが、ああいう無礼な教師には徹底抗議すると言いながら、「先生への侮辱は許せない」と、わたしのことまで気にかけてくれていた。その姿には感激しましたね。

一方、乱暴をした教師は、頭を丸刈りにして詫《わ》びにきました。この事件を機に、生徒との距離は一挙に縮まりました。

ただ、夜間の教師生活はわずか1年で終わりました。修士論文「万葉集と漢文学」の執筆が忙しくなったからです。そうして、論文を400字詰め原稿用紙で700枚書き終えると、博士課程に進み、万葉集の比較文学的研究を本格的に始めました。修士課程では、万葉集と漢文との関係を研究しましたが、知れば知るほどにわからないこと、知りたいことが増え、より広い視野で、万葉研究をしようと思ったからです。

江戸時代には、契沖という国学者が「万葉代匠記」などの注釈・研究書で、万葉と漢籍との関係を部分的に指摘しています。

戦前にも岡田正之という漢文学者が「近江奈良朝の漢文学」を出版していますが、戦前、戦中、万葉集は日本の聖典扱いされていて、中国など海外の影響の研究は進まず、まだまだ未解明なことばかりでした。

わたしはO型で、8月21日生まれの獅子座だからか、ものごとを大づかみしたくなるんです。中国だけではなく、広くアジア、世界の中で、万葉集を位置づけたい、という気持ちが抑えられなくなりました。

こうした比較文学的研究をしようと思った背景を今考えれば、本格的に学問を始めたのが戦後しばらくたってからだったということも大きかったと思います。わたしたちの世代は、戦争が終わり、一朝目覚めたら、世界の窓が開いていて、今までの国粋主義では見えなかった世界の歴史、風景が見えました。ですから、当然の趨勢として他の国の文学やフランスで盛んだった比較文学の手法も視野に入ってきて、持って生まれた目や耳で感じたものをそのまんま語ればいいという気持ちになれたのです。

比較文学　広がる視野

万葉集の比較文学的研究、などというとなんだか難しそうですね。こんな例でお話ししましょう。

奈良・薬師寺の近くにある勝間田池に行った新田部《にいたべの》親王が、恋をしている女性に、「きょう散歩で池に行ったら、蓮《はす》が咲いていて、言葉にできないほどきれいだった」と言った。それに対して、女性が歌ったものが万葉集にあります。

・勝間田の池はわれ知る蓮《はちす》無し然《しか》言ふ君が鬚《ひげ》無き如し

「蓮」は、レンと発音し、「恋《れん》」と同じですよね。つまり親王は、「蓮」と「恋」をかけて、あなたに恋していると言ったんですね。そうしたら、女性が何と言ったかといえば、

〈蓮無し〉、つまり「あら、親王様、勝間田には蓮なんかありませんよ」と歌ったのです。あなたは私に恋なんてしていない、いいかげんな恋なんでしょうというわけです。

ここまではわかりますね。問題は、次の蓮（恋）がないのは、あなたにお鬚がないのといっしょよ、と歌っているくだりです。

では、この鬚とは何か。

これはふつうに考えれば、あなたには男性のシンボルである鬚がないと言っていることになりますが、これでは鬚と蓮の関係が見えてきません。

ところが、漢籍を読むと、「蓮鬚《れんしゅ》」という言葉が出てくるんです。それは蓮のめしべの周りにあるおしべのことで、蓮の鬚にかけて、あなたにはおしべがない。そんな男には、くどく資格がないと、かなりきついことを言っているんです。

このように万葉集だけ読んでいたってわからないことが、比較文学をやるとわかるんです。比較文学では、何も日本の作品と外国の文学作品を比較し、どこが似ているとか言うだけではありません。言葉が仮に同じでも、それをどのように取り入れたかを研究し、表現にこめられたものを探ることが大事なんです。

そもそも日本文学とか中国文学とか生物学、天文学というのは、人間が勝手につくったジャンルで、古代の人は、漢籍どころか、中東の影響も受けながら、日々、自然を見つめ、天を眺め、生命の歌を歌っている。それをしっかり受け止めるには、広く世界のことを見つめなければならないと思います。

・春の苑紅《そのくれない》にほふ桃の花下《した》照る道に出で立つ少女《をとめ》

これは万葉集を編纂《へんさん》した大伴家持《やかもち》の代表歌ですが、この歌は、聖書の「アダムとイブ」や中国の唐代に盛行した樹下美人図にも通じるところがあります。

《樹下に立つ女性を描く樹下美人図は、古代アジアでは広く描かれ、唐代に流行した》

現代では高村光太郎の詩「樹下の二人」にもつながります。このように古典の息吹を現代に伝えるには、幅広い目配りが大切です。

このように視野を広げると、また知りたいことが生まれる。わたしの研究の原動力は、わからないことをスタートラインにした「知りたい」という好奇心です。

昼は非常勤講師　夜は論文

大学院時代からの学者修業の忙しさは、猛烈でした。母校の武蔵丘高校の校長だった方が、当時、都立富士高校の校長先生をされていて、「うちで非常勤をやれ」と言ってくれて、駆けつける。そうこうするうちに母校からも頼まれ、一時は、都立の富士、武蔵丘、大泉という3つの高校で非常勤のかけ持ちをしました。

いろんな生徒に出会いました。その一人が武蔵丘の生徒で、藤井常世さん。最初の授業で出欠を取る時、名簿を見て、つい「つねよ」と呼んでしまったら、その生徒が昼休みに友人といっしょに職員室にやってきて、こう言いました。「わたしは、とこよ、です」

そうですね。常世とは、古代日本人が思い描いた理想郷です。でも、それが名前になるとは思いませんでしたので、「誰が名前をつけたんですか」と聞いてみると、「折口信夫《おりくちしのぶ》さんです」と言うから驚きました。

折口さんといえば、国文学者で民俗学の巨人で、釈迢空《しゃくちょうくう》の名の歌人としても知られた方ですから。聞けば、女生徒のお父さんは、國学院大学の歴史学者、藤井貞文さんで、折口さんが恩師にあたるそうです。この常世さんの弟が、東大名誉教授で、国文学者の藤井貞和さんです。

こうした生徒たちに昼は国語を教え、夜になってからようやく論文を書くという毎日でした。実は、きのうも原稿を書き、就寝は夜中2時でした。昔からよく働くんですよ(笑)。

そのうち生徒の一人と、彼女が大学生になってから結婚しました。そもそも2人とも学生だから、不動産屋を回っても、なかなか斡旋《あっせん》してくれない。ようやく借りたのは西荻窪駅の北側にある6畳一間でした。

新婚早々の3月末、ちょうど非常勤の仕事がなくなり、明日から一切収入がない、ということもありました。えらいんですよ、若い家内は。ちゃんと自分でアルバイト先を見つけてきたのですから。幸いにも、4月1日になって新たな非常勤職も見つかりました。

妻の父親に反対された学生結婚だったので、妻には心労もあったのでしょう。新婚時代に妻が病気になり、看病しながら夜、枕元で論文を執筆しました。その時に書いたのが、「万葉集の比較文学的研究」に収録した論文の中で、最初にまとめた「鎮懐石伝説」（1958年発表）です。28歳から29歳にかけてのことです。

博士課程の単位はすでに取得していましたが、当時は就職難、3年の在学期間を過ぎて、4年目の夏にようやく仕事に就きました。久松先生の紹介で、東京学芸大学の助手に採用され、58年9月から通いました。

ただ、実際にやるのは、付属高校の国語の先生でした。もちろん助手ですから大学の教授たちの代講もすれば、昼飯時には先生方の注文取りもする。研究室の整理までなんでもやりました。

翌59年春には、長女が生まれ、練馬区石神井に一戸建てを借りました。そこも2間ぐらいでしたが、やっと台所も、玄関もありました。

付属高校の教え子には、エジプト考古学者になった吉村作治君らがいます。

《人懐っこい眼をなさりながらも度の強いめがねの奥から眼光鋭く生徒を見ていらっしゃった。（中略）先生は万葉集に限らず日本の古典全般を教えてくださったのだが、万葉集については時間をさいた。しかも万葉仮名で書かれた特殊な教科書をお使いになられた》（「中西進著作集」第1巻付録、吉村作治「中西先生の思い出」から）

授業に万葉仮名の原文を使ったのは、本物の面白さを伝えたかったからです。

吉村君は、わたしが何か言うと、卓抜な冗談を返す面白い生徒で、ある時、女性にもてた在原業平のことを話した際、「もてる男のことを今業平という」と言うと、「それではもてない男は昔業平ですか」とジョークを飛ばしました。この斜めの発想は面白い。

早稲田に進み、希望の考古学を学び、ピラミッドの研究で有名になりました。

吉村作治さん（左）とは、今も交流が続いている

「輪ゴム原理」生徒伸ばす

「うちの生徒は学力が低くて、むずかしいことは教えられません」

よくこんなことを耳にしますが、ほんとうでしょうか。わたしは経験上、目標は高めに設定した方が生徒の能力は向上すると考えています。高校生に万葉仮名のテキストで教えたり、「奥の細道」は素龍本の影印本をコピーしてテキストにしたのもそうした理由からです。

「梅花の宴」で大伴旅人《たびと》が詠んだのはこの歌です。

・わが園に梅の花散るひさかたの天より雪の流れ来るかも

〈梅の花散る　ひさかたの〉を万葉仮名で記すと〈宇米能波奈知流　比佐可多能〉とな

ります。よーく見れば、読める人が多いのではないでしょうか。

これをわたしは、教育の「輪ゴム原理」と呼んでいます。目標と学力の間に輪ゴムを垂らし、その差が小さいと輪ゴムはたるむ。ところが差が大きいほど輪ゴムは伸びる。つまり、たるんだ輪ゴムでは教育力ゼロ。反対に輪ゴムを伸ばし過ぎ、つまり学習目標をあまり高く設定するとゴムは切れてしまう。按配が大事です。

授業しながらの論文執筆はたいへんでした。その上助手2年目の1959年には月刊誌「国文学　解釈と鑑賞」から今まで教授が担当されていた「学界展望　上代文学」の執筆を依頼され、分厚い研究書から雑誌まで何十本もの論文に目を通し、内容を精査する原稿を季節ごとに書き、ますます忙しくなりました。

ある時学会を終えて帰る電車で寝てしまい、網棚に置いたバッグを盗まれ、真っ青になったこともあります。中には書き終えた「学界展望」の原稿が入っていたからです。満たされぬ思いのまま一夜で書き改め、「展望」の末尾には事情と共に〈大方のお叱りは覚悟の上である〉と記しました。

修学旅行の引率もしなければなりません。夜、生徒が寝静まってから2時、3時までは原稿執筆です。すると翌日、移動の観光バスでは一番前の席で、うとうと寝てばかり。ガイドさんには気の毒なことをしました。

北海道への修学旅行では、新入幕し、人気上昇中の大鵬の実家を、希望する生徒と見に行きました。教え子で最高裁の判事になった近藤崇晴君が当時の思い出を書いてくれています。

《この修学旅行の途中で、便秘で困っていると訴えた生徒がいたが、中西先生は「こういう便秘体操をするといいよ」と言われて、畳に仰向《あおむ》けに寝て自転車をこぐように両足をぐるぐる回すという実演もしてくださった》（「中西進著作集」第26巻付録から）

さらにわたしは大学院の学生時代から、「赤西」の名で予備校講師もしました。きっかけは、ある知恵者が東大の院生を使った受験教室を開いたことでした。彼は、こう考えたんですね。東大の院生ならば、受験勉強を終えたばかりだから、その経験を生かせる。しかも学生だから、時間もあるし、給料も高くなくてもすむ――。一石二鳥どころか三鳥も目指す小さな教室で、わたしは国語を教えました。

あいにくその教室は1年で閉鎖されましたが、評判を聞いたのか、正規の予備校から国語の教師としてスカウトされました。

予備校生は必死、教師も受験の実績で、即刻能力が判断される。一瞬一瞬が勝負で、とても充実した時間でした。

ただ、名前は志賀直哉の短編「赤西蠣太《かきた》」から借用して、「赤西」とか「永西」とか名乗っていました。担当は希望して現代文。大岡昇平、三島由紀夫ら現代文学もかなり読みました。モグリの生徒も多く、100人ぐらいの教室はあふれんばかりで、立ち見が二重三重にもできるほど。自分で言うのもなんですが大人気でした。

後にテレビに出るようになると、正体がバレて、「先生、きのうテレビで見ました」と予備校生からね。ニヤニヤされました。

ただ学生時代の教師は、薄氷を踏む思いでした。間違ったことを教えれば先ざき大迷惑をかけますからね。たとえば能の「熊野」は「ゆや」ですね。平清盛の三男、宗盛がお気に入りだった遊女の名前です。これなど知らなければ「くまの」としか読めない。

さて、話を戻しますが、院生時代は、研究と教育、受験指導に、時には、生徒から人生相談までされ、とても忙しい毎日だったように思います。こんな日々にどう時間をやりくりして研究したのかなあ。よく覚えていませんが、「学界展望」で論文を多読したことは滋養になりました。「輪ゴムの原理」は研究でも成立します。

修学旅行で、北海道の摩周湖にも生徒たちと行った

花の咲くとき　～教えるころ～

新分野開拓　読売文学賞に

東京オリンピックがその年の秋に開催される1964年の1月でしたか、深夜に1本の電話が鳴りました。第15回読売文学賞の研究部門で「万葉集の比較文学的研究」の受賞が決まったという読売新聞社からの知らせでした。論文集は、その前の年の1月、南雲堂桜楓社から刊行されて、それが評価されたのです。

読売文学賞といえば、研究部門では土居光知《こうち》という比較文学の泰斗や仏文学者の河盛好蔵《よしぞう》さんのような大先輩がとられていて、自分のような若輩の受賞には正直驚きました。そして地味な日本文学の研究に光を当ててもらえたことに感激しました。

選考委員は、文芸評論家の小林秀雄さんらで、慶應大教授（中国文学）の奥野信太郎さんが推薦してくれたらしく新聞紙上で、「新分野開拓の功績」の見出しでほめていただきました。

《（先人たちがやってきた万葉集研究は）中国文学との関係という一点だけは未開拓であったといってよかった。（中略）先輩による部分的な研究はあったが、これを総合的に、しかも近代的な方法論的立場であつかったものは、著者による本研究がはじめてであった》（1月27日読売新聞夕刊）

小説部門では芥川賞作家の井上靖さんの「風濤《ふうとう》」、研究部門では、「能面」という本で、作家の白洲正子さんが同時受賞しました。34歳のわたしはこの年の最年少受賞者でした。

受賞時には、3年半の東京学芸大助手の生活を終えて、成城大助教授になっていました。本を出版した時、恩師ほかどの先生に献呈したらよいのか、東大の先輩に相談すると、「あなたが我々の同僚になることはあり得ないから送る必要はない」と余計なことまで言われ、沈んだこともあったので、ほんとうにうれしかったです。

賞金の使い道をあれこれ考えていたら、父にひと言、「賞金は、みなさまへのお返しに使うもんだぞ」とたしなめられました（笑）。父親は節目節目にいいことを言うんです。

受賞をみんなが「若い」「若い」と言うから、井伏鱒二、大岡昇平ら過去の受賞者の年齢を調べてみたら、三島由紀夫には2歳敗れていました（笑）。

《三島由紀夫が、その代表作「金閣寺」で読売文学賞小説賞をとったのは1957年。三島32歳だった》

後で聞いた話では、土居光知さんが久松先生に「これを学士院賞にしたい」とおっしゃったらしいのですが、先生が「中西君はまだ若いから」と言われ、別の方がとりました。6年後の70年、万葉集の中の歴史を調べた「万葉史の研究」（1968年、桜楓社）と合わせて2冊で日本学士院賞をいただきました。

「万葉集の比較文学的研究」には、新元号、令和のもとになった「梅花の宴群像」という章もあり、「令の思想」についても論じています。わたしの今日があるのは読売文学賞のおかげです。

「読売文学賞の頃は缶ピースを吸い、黒革のシガレットケースに黒の携帯用灰皿。服装は黒ずくめの"殺し屋スタイル"（笑）でした。50歳の頃、禁煙しましたが」

深夜から講義資料作り

　真夜中も3時を過ぎ、明け方近くになると真っ先に鳴く鳥、ご存じですか。カラスです。暁烏《あけがらす》とか夜烏というでしょ。これがまだ真っ暗なうちに鳴く。そうして次に鳴くのが鶏で、少し明るくなると百鳥《ももとり》が樹々の梢でいっせいに鳴きしきる。

　時の移ろいを感じながら夜更けに思索する時間は、若かった研究者時代の懐かしい思い出です。この時間に翌日の講義に備え、新しいアイデアをノートにまとめるんです。自分の出した本をテキストにして講義する方もいますが、新しい講義の方が自分も面白いし、学生にも刺激的なはずです。

　でも、百鳥が鳴く時間まで話すことが思いつかず、ノートが真っ白で、絶望的な気分になったことが何度もあります。

はやくにノートづくりを始めればよいのですが、当時はこっそり「11PM」を見るのが楽しみでね(笑)。どこが面白かったかですって? 直木賞作家の藤本義一さんの司会をはじめ、いろいろ思い出はありますが、それを言うと書かれちゃうでしょ(笑)。

それはともかく、番組を見終わるともう深夜。それから準備をするのが常でした。

《夜11時台に放送開始した日本の深夜番組の元祖。1965年から90年まで、日本テレビと読売テレビの交互制作で放送された。音楽、釣り、マージャンからお色気もの、社会問題まで幅広く扱い、大橋巨泉、藤本義一らが司会をした》

当時のわたしの研究書は、こうして行った講義を土台にして生まれました。「古事記をよむ」という4冊本も「万葉集原論」もそうです。それで、よく、こうからかわれたものです。

「お前は講義で給料をもらって、雑誌に発表して原稿料をもらって、それを単行本にして印税をもらう」と。

まあ、事実その通りですが……(笑)。

成城大学も１９６０年代後半から学生運動が盛んになり、学部長が学生に取り囲まれ、突き上げられる風景も日常でした。わたしのゼミの学生には、「口語訳　古事記」がベストセラーになった三浦佑之君（直木賞作家、三浦しをんさんの父）や、ＮＨＫアナウンサーで国会議員にもなった小宮山洋子さん（東京大学学長だった加藤一郎氏の娘）がいました。大江健三郎さんの奥さまの大江ゆかりさんも聴講されていたことを懐かしく思い出します。

三浦君は、自分の意見をはっきり言う学生でした。とても優秀で、ある時、彼の学年末の単位論文だったか、それがあまりにすばらしいので、「これを卒論にしなさい。それと僕の授業はもう聞かなくてもいいから、よその大学の講義や西郷信綱さんの研究会に出なさい」と言ったことがあります。

僕は学生を囲い込むのは好きじゃない。優秀な学生は、他流試合をしたほうがいいんです。学問も同じです。専門の枠に閉じこもり、重箱の隅をつつくような研究をして、自分の弟子だけをかわいがるなんていうのは、もってのほかです。そこで成城大時代には、学会活動にも力を入れ、１９６１年には日本大学の森淳司さんら５人と相談して、古代文学会をつくりました。会則で会長は1年交代、事務局は大学に置かず、個人の家にしました。学閥を避けるためです。

研究論文を大学の紀要だけに書き、学会の内側に閉じこもり、仲間褒めをし合っているだけでは学問の進歩はありません。新しい考えはとことんディスカッションし、社会に発表してこそ磨かれます。そこで学会では、大いに討議を奨励し、若い人の研究成果を本にできるよう出版社にも働きかけました。

20年会長を務めた全国大学国語国文学会では、京大の総長をされていた長尾真さん、東大の情報学者、西垣通さん、詩人の高橋睦郎さんら国文学以外の方をゲストに招きシンポジウムを開いたのも、学問をより開かれたものにするためです。

学問への向かい方を反省させてくれたのは安保闘争でした。あの時、学問とは何か、根底から問い直し、メルロ＝ポンティの著作などを集中的に読んだことは、わたしの岐路になりました。そこで「万葉集原論」などを出版しました。

そうそう、もうひとつ思い出しました。安保闘争も学内では下火になった60年代末でしたでしょうか。それでも最後まで残って、昼休みになると校庭で旗を掲げ、「安保反対」と叫んでいた学生がいます。よく見たら三浦君たちでした。

栃木県大田原市の侍塚古墳で、三浦佑之君（左）と
（1970年代半ば以降、三浦さん提供）

「憶良は渡来者」司馬さん援軍

学校の授業では山上憶良についても集中的に講義しましたね。貧窮問答歌や、〈銀《しろかね》も金《くがね》も玉も何せむに勝れる宝子に及《し》かめやも〉など「子らを思へる歌」で知られる歌人です。

この憶良が渡来人であるという新説を発表したのも非常勤で教えていた二松学舎の大学院での講義です。2人の受講生を相手に、憶良の出生、家系から教えていくうちに、どうも「新撰姓氏録」の山上氏が腑に落ちない。憶良は40歳を過ぎて「遣唐少録」という遣唐使の末席につらなる書記役になるまで、何をしていたか不明です。

そこで注目したのは天智2年（663年）、百済から憶仁という人がやって来て、天智天皇の侍医になったという「日本書紀」の記述です。この憶仁が憶良の父だったのではないか。それが研究の出発点でした。

憶良という人は独特な歌人です。令和の典拠になった万葉集の「梅花の宴」序文で、大伴旅人《たびと》は、「天平二年正月十三日に、帥の老《おきな》の宅にあつまりて宴」を開き、中国にも多くの落梅の詩があることにちなんで、日本でも「よろしく園の梅を詠んでいささかの短詠を作ろうではないか」と呼びかけ、自らは、こんな歌を詠みます。

・わが園に梅の花散るひさかたの天より雪の流れ来るかも

雪は降るとか、積もるとか言うけれど、これを流れると言う。ふだんとは違う言い方をすることで、美しい風景をありありと目の前に浮かぶように詠んだ旅人は、ほんとうにすばらしい歌人ですね。

これに対して、みなそれぞれの梅の歌を詠みますが、ただひとり、旅人への賛意、つまり「和」を示しているのが憶良の歌です。

・春さればまづ咲く宿の梅の花独り見つつや春日暮らさむ

「春になると最初に咲く梅の花。独りで見ながら家にこもって春の一日を暮らすことなど、どうしてできましょう」という一首です。つまり、それは長官である旅人の家で皆で梅を見るのがいいですね、と歌っているわけです。旅人が九州に来て、妻を失った時、わがことのように嘆き悲しんだ憶良は、旅人とは特別な心の交流がありました。そして、約4500首ある万葉集で、「貧乏」をテーマに歌ったのは憶良ひとりです。また、憶良の底流には「かなしみ」があり、「孤語」とされる言い回しや仮名遣いも独特です。これは憶良が祖国を失った渡来人で、生々流転の半生を送って来たからと解釈すると、よく理解できます。

そこで、「憶良渡来人説」を清水の舞台から飛び降りるつもりで発表しましたが、四面楚歌《そか》でした。国文学者より、歴史学者からの批判が相次いだのです。

でもうれしいこともありました。「山上憶良と『万葉集』」をテーマに作家の司馬遼太郎さんが、田辺聖子さん、歴史学者の上田正昭さんとわたしを呼んで座談会をしてくれた時、司馬さんが、渡来人説を応援してくれたんです。

《わたしは憶良になにか、爛熟《らんじゅく》した場所から出てくる人生の感じ方、もしくは逆に長い歴史をもつ文明社会のなかからしか出てこない、何かを感じていたのです。(中略) 渡

来して来たのではないかという説を読んでいますと、ひじょうに目からうろこが落ちた》（「日本の渡来文化」中公文庫・司馬さんの発言から）

司馬さんの発言で、渡来人説をめぐる空気はガラッと変わりました。その司馬さんはものの考え方がとても柔軟で、言葉も面白く、とても触発されることが多い存在でした。その後の１９９０年、「万葉と海彼」（角川書店）で、第３回和辻哲郎文化賞をいただいた時の選考委員のひとりは司馬さんでした。

後に、司馬さんの入院の報が入った冬の夜には、お好きだったスイカをお持ちしようと注文したのですが、朝になって訃報《ふほう》が届き、花を持って弔問しました。

渡来人説に限らず、わたしの新説は、発表当初は批判されがちです。やがて納得されることも多いのですが。でも、あまり気にしない。現状に安住せず、もっと知りたいという気持ちが強いからです。

この渡来人説はその後も研究をつづけ、最近は、憶良が日本に来たのは４歳ではなくて、９歳ごろだったのではないか、そして、憶良は百済の人ではなく高句麗からやって来た渡来人ではと考えています。幼年期だけではなく、少年時代まで半島にいたと考えると、彼の「かなしみ」の深さがさらによく理解できます。研究に終わりという言葉はありません。

和辻哲郎文化賞の贈呈式で、司馬遼太郎さん（右から3人目）と

ひとつ残念なこと

万葉集を代表する歌人柿本人麻呂、女流歌人の和泉式部、小野小町の忌日は同じとされています。落花の季節の3月18日です。

それは恋の季節でもあり、「源氏物語」で光源氏が紫の上と会うのも落花の頃。ですから恋は、「もののまぎれ」ともいいます。ものにまぎれて理性を失う。それが平安時代の恋です。

まぎれた果てに死ぬ人がいる。殺される人もいる。梶井基次郎の小説に〈桜の樹の下には屍体《したい》が埋まっている！〉というのがありますね。この感覚は日本人ならではのものです。

読売文学賞や日本学士院賞をいただいて以来、テレビやラジオへの出演が始まり、多くの人に向けて話す機会が増えました。そこでは、この落花の話など、現代人にも通じる古典の話もしました。「万葉歌人の愛そして悲劇　憶良と家持《やかもち》」など番組から生まれた本も数多くあります。

テレビ、ラジオは時間通りに終えなければなりません。「さすがですね」とほめられることもありますが、実はなんてことありません。「これで終わりにします」と言って2、3秒残ったら、「それではお元気で、また」とつけ加えたり。それだけの話なんですよ（笑）。

番組では各界の方との共演も多く、1972年に毎週1回、5週にわたって放送されたNHKテレビ「市民大学講座」では、「日本の詩歌」をテーマに司会して、人麻呂、家持、紀貫之、藤原定家、松尾芭蕉の5人について、文芸評論家の山本健吉さん、哲学者の梅原猛さん、学生時代からの友人で詩人の大岡信さん、歌人の塚本邦雄さん、作家の辻邦生さんらと鼎談《ていだん》しました。「関西弁の面白い先生がいますから、いっしょに仕事しませんか」とテレビ局の人に誘われて、臨床心理学者、河合隼雄さんと2人で司会するシリーズも企画・出演しました。これは「美術と心性」をテーマとしました。

万葉集の専門というどころか、人麻呂が専門、家持が専門という些末《さまつ》主義な風潮が嫌だったことも、比較文学の研究という道に進んだ理由でした。そんなわたしですから、それぞれの道で一流の方々の斬新な読解、批評や文学に対する姿勢に学ぶことができたのは、ありがたい体験でした。共演した方はみなさん故人となってしまいました。

成城大では万葉集研究会という部活の顧問で、毎日のように学生と語らい、雑誌「成城萬《まん》葉」を出したこともよい思い出です。４泊５日の夏の軽井沢合宿には、愛車のセリカをぶっ飛ばして行ったものです。

ただ、その頃ひとつ、残念なことがありました。やはり一学生に戻って本格的に中国文学を勉強しなければ、比較文学の深い研究はできないと思い、中国文学科の大学院に入り直そうと思ったんです。そこで、東大の中国文学者、前野直彬先生に「指導していただけますか」とお伺いしたら、「いいですよ」とおっしゃるので、成城大の主任教授に辞職を申し出ました。

しかし、主任教授からは「在籍したまま、大学院の講座を聞いたらいいではないか」

と反対され、結局、そのまま大学院に行くことなく終わりました。
そのことはいまだに後悔しています。

テレビ出演にも忙しかった頃。1970年、日本学士院賞を受け、父（左）と喜ぶ

日本の恋は「孤悲」

万葉集は恋歌の多さで知られています。山部赤人《やまべのあかひと》にはこんな歌があります。

・明日香《あすか》河川淀《よど》さらず立つ霧の思ひ過ぐべき恋にあらなくに

明日香川の淀みにいつも立ちこめている霧のように、わが恋もすぐに消えてなくなるようなものではありません、という意味です。この恋は万葉仮名では「孤悲」と表記されています。

古代から日本では、恋の本質は孤独な悲しみなんですね。万葉集では一番好きといってもいい歌は悲しみが極まっています。

・吾《あ》が恋はまさかもかなし草枕多胡《たご》の入野《いりの》の奥もかなしも

「まさか」は今、「奥」は未来。つまり、わたしの恋は今もこれからもかなしいと歌っています。一度きりの命、一期一会と思う恋を凝視した時にわきあがる感情が切なさ、悲しさで、これが「孤悲」につながります。

恋が苦しい、愛がつらいという歌もありますね。

・近江の海沈く白玉知らずして恋ひせしよりは今こそまされ

近江の海に沈んでいる白玉のように、あなたを知らないで恋していたときより、深い仲になった今のほうが恋しく、胸が苦しいという意味です。

東大に入って初めての夏休み、信州の知人の家でひとり、ジャン・ポール・マルティーニの「愛の喜び」やガブリエル・ユルバン・フォーレの「レクイエム」が気に入って、レコードを毎日くり返しくり返し聴いていました。

それだけに万葉集で知った恋の本質は、驚きでもあり、新鮮でもありました。お隣中国も恋愛観は違います。〈徳は孤ならず必ず隣あり〉、つまり徳のある者は孤立することなく、必ず理解者が現れるというのが「論語」の価値観ですから、いつも失恋して孤独な人は徳のない人になってしまう（笑）。

ただ、恋を成就して、幸せという歌も万葉集にはわずかですが、あります。それを知ったのは成城大教授時代、講談社文庫から「万葉集　全訳注原文付」の仕事を依頼され、1978年から83年にかけて4巻本にまとめた時です。

・望《もち》の日のいでにし月の高高に君を坐《いま》せて何をか思はむ

十五夜の空に月が高く高くのぼるようにあなたを待ちわびていたらいらっしゃった、もう何も思い悩むことはない、という歌です。

・佐保《さほ》川の川波立たず静けくも君に副《たぐ》ひて明日さへもがも

これは佐保川に波が立たず静かなように、明日も静かに寄り添っていたい、という歌で、「副ひて」がポイントです。つまりいっしょにいるだけで満足なんですね。

やり出すと徹底的にやる性分なので、万葉集の約4500首すべてを口語訳し、脚注も全部つけました。全訳ですから、わからないところがあるからといって飛ばすことはできない。でもおかげで「こんな歌もあったのか！」という発見が多く、楽しい執筆の時間でした。

本のカバーは、たまたま個展を見に行った山口芽能《はぎの》画伯の秀作によって飾ることができ、50万部ほど売れて今も本屋の店頭に並んでいます。

5年間、春休みや夏休みには、箱根など温泉場にひとり籠もって原稿に取り組みました。ただ、ひとりというのは善し悪しでね。羽を伸ばしたくなる。僕はドラマ好きだから、ついテレビを見てしまう。近年では韓流ドラマが好きで、「冬のソナタ」は熱中したし、最近は「オクニョ 運命の女」も見ています。

いくら生きることが息することでも、息せき切ってばかりいてはよい仕事はできません。息抜きが大切ですよ（笑）。

滞米1年　出会いは宝

成城大にある日、プリンストンの大学院に通うひとりのアメリカの青年が、知り合いの編集者に連れられてやってきました。

とても澄んだ青い目をしていて、「将来は、ドナルド・キーンさんのように日米を行き来する学者になりたい」と言っていました。後に「万葉集」英訳で全米図書賞をとり、日本語で「星条旗の聞こえない部屋」などの小説を書き、読売文学賞をはじめ多くの賞をとった小説家リービ英雄くんの若き日です。

《プリンストンに来ていたある日本人の編集者から、「日本で誰に会いたいのか」と聞かれて、ぼくはそくざに「中西進」と答えた。そして、二十四歳の春に、東京で中西進

に紹介された。その声は、文体と似ていて、明るく、やわらかく、するどい。（中略）自分の口から「プロフェッサー」以上の意味の、「先生」という日本語が抵抗なく出てきた》（リービ英雄「バイリンガル・エキサイトメント」岩波書店から）

彼は、わたしの本をよく読んでいて、これ以後、授業にも出たし、二上山のふもとを学生らといっしょに歩いたこともある。そのリービくんがプリンストンに戻って助教授になり、わたしが招聘《しょうへい》されたのが、１９８０年から1年間のアメリカ滞在のきっかけです。

ハーバード大でも2度講演しましたが、オブリゲーション（義務）はなく、いろんなセミナーに参加したり、キャンピングカーで全米旅行をしたりして、歴史や大自然に触れ、それは優雅な時間でした。大いに面白かったのは、夏休みにキャンピングカーで１か月旅したことです。ニュージャージーを出発して北上、カナダとの国境線を西に行き、シアトルに出て南下して、バークレーからラスベガスに行き、東海岸のキーウエストでは、「老人と海」で知られるヘミングウェイの家も訪ねました。

リザベーション（居留地）と呼ばれる先住民を保護する場所に夕方に行ったら、目の前に髪がふさふさしたおかっぱの、京人形そっくりな女の子がいました。お土産屋で売っていたキーホルダーは、本物のうさぎの足でした。うさぎは速足ですからでしょうか。先住民の歴史の古層を感じました。

半ば倒れ、朽ちかけていたトーテムポールには、鯨や蛙の彫り物がありました。日本でも、海の王様といったら鯨で、古代の「風土記」に出てきます。ヒキガエルは万葉集にも登場し、〈たにぐくのさ渡る極み〉と、地の果てまで這って行くカエルを神格化しています。トーテムポールの世界と、日本の古代との共通性にも驚かされました。

何より、プリンストンで多くの日本文学研究者と出あい、研究方法を学んだことは、わたしの生涯の宝です。文学理論のアール・マイナー、（1999年、外国籍としては初めて文化功労者になった）日本史研究の第一人者で「坂本龍馬と明治維新」の著作があるマリウス・ジャンセン……。後年、彼らはともに山片蟠桃《やまがたばんとう》賞をとっています。

《山片蟠桃賞は大阪府主催。大阪が生んだ世界的町人学者である山片蟠桃の名にちなんだ国際文化賞で、日本文化を海外に紹介し、国際理解を深めた著作や著者を顕彰する》

週末、よくバスで1時間ほどかけてニューヨークのグリニッジビレッジにあるジャズバーに行った時のことも忘れられません。授業などを終えてから、リービくんとニューヨークに行くと、ちょうどお酒を飲むのにほどよい時間です。いろいろな人種の人たちが集う地下のバーで、カリフォルニアワインなどを飲みながら聞く、ジャズの生演奏は格別でした。演奏が終わるごとに、くり返しテーブルチャージを重ねていく――。妙にうれしかったことを思い出します。

それは、しみじみとした哀調を帯び、妙にわたしを思索深くしてくれました。こうした時の音楽は、国境を越え、時間を越えるものになります。

アメリカでは「ジャップ」「イエロー」などと言われたこともありましたが、グリニッジでの国境を忘れた時間は愉悦の経験でした。

わたしとリービ英雄、柳美里、楊逸、さとう宗幸の各氏（左から）と行った万葉集のシンポジウム（2010年6月、札幌市で）

漢文引用から源氏に迫る

プリンストン時代の研究室は、天井がやたらに高い部屋で、書棚には、横文字の本のほかは漢籍しか並んでいませんでした。それはアメリカ国籍の中国学の教授の部屋で、彼が長期休暇中だったので、わたしにあてがわれたのです。

研究室で終日、「史記」「詩経」などを漢文で読んだ習慣が、わたしに新しい道を拓いてくれました。

文学の言葉は、過去の文化遺産を豊かに内包しています。「万葉集」でも中国の詩集「玉台新詠」や「文選」、「蘭亭集」の文章を、日本の文脈に溶解させながら表現しています。「文選」に収められた張衡の「帰田賦」には、〈仲春令月　時和気清〉とあり、中国・東晋の政治家・書家の王羲之の「蘭亭序」には〈天朗気清、恵風和暢〉と表現され、それが「万葉集」の「梅花の宴」序文では〈初春令月、気淑風和〉となっています。なぜ、ある書物のある部分を引用したのか。来る日も来る日も漢籍を読んで考えました。

日本に戻ってから数年後の1984年。その頃に新しい家庭生活を始めたわたしは、開校から10年ほどの筑波大の教授になり、比較文化学類の学生を相手に比較文学研究を担当しました。そこで「源氏物語」が中国の「白氏文集」からの引用を、どのような意図で行ったかについて講じました。

「源氏物語」との関係を講義したのは、「中西は万葉」と言われるのが嫌だったんですよ。

だって万葉研究だけでは何もわからないじゃないですか。比較文学では、アジアの文学だけではなく、広く文化が対象です。ですから、わたしは自分の口からは「万葉学者」とは言わない。

そんなふうだから、万葉学者からは疎んじられることもあるのでしょう。筑波大には、わたしの赴任前から年上の万葉研究者がいらして、学生は、その先生の授業に囲われ、わたしの受講生はたった1人の時もありました。

広島大教授になった西原大輔くんが、この時のことを回想しています。

《同級生は私に向って「中西（何と呼び捨て！）の授業に出ているんだって」と、まるで裏切り者を指弾するような口調で言ったものだ。後難を恐れた他の日本文学専攻の仲間は、保身のために中西進先生の授業を慎重に避けた》（「中西進著作集」17巻付録から）

1人でもちゃんと教えればいいんです。気にも苦にもしない。こうやって90歳まで生きているのは、そのおかげかもしれませんよ。

いずれにしても新設大学では、筑波大の前身の東京教育大学にいらした先生と、わたしのようによそから来た先生との間には溝もあり、しっかりとした学風が出来るのは100年かかると思ったものです。一方で、わたしが所属した国際関係の学類では、入学面接をすべて英語でやるなど進取の精神もあり、学生との密な時間はいい思い出です。

結局、源氏研究は、3年半いただけの筑波大時代には終わらず、「源氏物語と白楽天」（岩波書店）を上梓《じょうし》したのは1997年になってからのことです。「源氏」の世界は、単純素朴に恋愛を語ったものではなく、中国文化の文脈と響き合い、愛の因果の非情さを主題にしていることを明らかにしました。うれしいことに10年以上かけた研究には、大佛《おさらぎ》次郎賞が与えられました。

筑波大教授を経て着任した国際日本文化研究センター教授時代（1990年撮影）

日文研　海外学者から刺激

平成31年、93歳でお亡くなりになった梅原猛さんをご存じの方は多いでしょう。私を国際日本文化研究センターに呼んで下さったのは初代所長になられた梅原さんです。

《梅原猛（1925～2019年）は、1999年に文化勲章を受章。縄文時代から現代までを視野に入れ、文学から、歴史、哲学、宗教をも包括して日本文化の深層を解明する論考は「梅原日本学」と呼ばれる》

梅原さんとのつきあいは73年、彼が万葉集の歌聖、柿本人麻呂が刑死したという新説を唱えた「水底の歌」を出版してからです。この説は、国文学界では大方、無視または、否定されましたが、僕は早い段階でたった一人賛成しました。

伝説と見なされて、本筋では捨てられていた説を再考、復活し、学問として継承すべきものは継承しようと唱えたのが梅原説です。国文学界は、彼が専門家ではないからと冷笑しましたが、誰が考えたって、いいものはいいでしょう。

すべてに賛成したわけではありませんが、謎と思ったことを、とことん追究する梅原さんの姿勢には共感しました。

そうして、教授として呼び寄せられたのは、日本文学研究者ドナルド・キーンさん（2008年、文化勲章）、人類学者で東大教授だった埴原和郎さん、わたしの3人。助教授は、造園学の白幡洋三郎さん、比較文化の上垣外《かみがいと》憲一さん、建築史家の井上章一さん、社会学者の園田英弘さんの4人だった。僕は「七人の侍」と言っていました。

日本の文化・歴史の研究を国際的な連携・協力で行う大学共同利用機関の日文研は、学生がいないので、ひたすら研究だけ。今は京都の桂の丘の上にありますが、発足当時は、洛西センタービルというショッピングモールの一角にフロアを借りてスタートしました。

当初は、中曽根康弘首相の尽力で出来たこともあり、政府寄りだとか、いろいろ言われましたが、幅広く研究したい僕にとっては福音という以外の何ものでもありません。自分で研究の同志を集めて、討議を繰り返し、さまざまな研究をしました。最初にやったテーマは「日本文学における『私』」でした。

日本では、わたしの子どもの頃から個性だの独創性だのという言葉を嫌というほど聞いてきました。でも一方で、「世間」という言葉のある日本では、集合性も大切にされ、文学の世界でも俳諧には「座」があり、多くの人でつくる連歌・連句というのがある。そこで、作家の後藤明生さんら13人と「日本文学における『私』」の特色を共同研究しました。

共同研究「日本の想像力」ではアメリカ、ロシア、韓国など海外の研究者と討議し、大きな刺激を受けたものです。まさに所を得た、という感じでしたね。

そして、東京から引っ越し、万葉の里に近い、京都に家を構えました。

日文研の発足時に梅原猛所長（前列右から２人目）を囲んで。時計回りにドナルド・キーン、わたし、白幡洋三郎、園田英弘、上垣外憲一、井上章一、埴原和郎の各氏（日文研提供）

中国で開けた真理の扉

新元号「令和」は、万葉集の巻五、大伴旅人《たびと》が催し、山上憶良ら32人が集って和歌をつくった「梅花の宴」の漢文で書かれた序文が基になっています。

初春令月　気淑風和

読み下すと、「初春の令月にして、気淑《よ》く風和《やわら》ぎ」となり、初春という令《うるわ》しい月は、空気が淑《しと》やかで、風が和かであるということです。こうした手紙でいえば時候のあいさつが、なぜ元号になるのか。そう思った方もいらっしゃるのではないか、と思います。

日本では、街で人と会った時、「いいお天気になりましたね」「あいにくの雨ですね」などと言葉を交わしますね。これは単に社交上の儀礼ではなく、四季折々に自然が変化する日本では、万葉の時代からつづく文化です。
漢文を生んだお隣、中国では違います。学生同士、あいさつをする時は、「チーラマ」（もう食べた?）って言いました。これは国際日本文化研究センターに赴任直後の１９８７年から１年間、国際交流基金の交流事業で中国の北京に滞在したときの体験で、はじめはびっくりしました。同時に、花鳥風月を大切にする日本の文化の特色に改めて気づきました。

これまで日本の元号が、すべて儒教の精神が流れる中国の聖典から言葉が選ばれてきたのに対して、２４８番目の元号となった令和では初めて国書が典拠となり、大きなニュースになりました。その意義を、ここでもう一度考えてみると、新元号が、より新鮮に感じられるとわたしは思います。

キリストの誕生から年数を数える西暦は、カレンダーのように機械的に年数が増えていきます。片や元号は、基本は「一世一元」ですから、天皇の代が替わると年数の足し算ができなくなり、不便なところがあります。それなのに、なぜ、日本では元号を使ってきたかといえば、元号というものが未来への希望、夢を託した文化であるからです。

その典拠が、中国の聖典から国書に変わったこともニュースですが、わたしは、典拠になったのが万葉集だったことにも注目しています。日本を代表する国書といえば、古事記や日本書紀ですが、これらはほぼすべてが漢文で書かれています。これに対して、日本独自の和歌を集めた万葉集は、万葉仮名という日本独自の仮名で書かれたものです。典拠になった「梅花の宴」序文自体は漢文で書かれていますが、その内容は、四季折々の自然を愛でる日本の文化そのものです。令和という元号は、まさに日本の文化を体現するものになったと考えています。

北京外国語学院の中にある日本学研究センターでは、万葉集だけではなく、三島由紀夫など現代文学も教えました。

当時の中国は、見るもの聞くもの、とにかく大きく、大胆でした。衛生面も日本とは違い、野菜もきれいに洗わずザクザク切って強火で炒《いた》める。調理も食べ方も大胆というか大雑把で、ものの考え方にも表現にも大中国を感じました。

気候も違います。「梅花の宴」序文への影響が指摘される中国の「帰田賦」には「仲春令月、時和気清」とありますが、中国で仲春といえば旧暦の2月、万葉集の「初春令月」は旧暦の1月で、中国ではまだまだ寒く、梅は咲きません。「初春令月」は日本独自の表現です。

スケールはまるで違いました。「飛花落葉」という言葉がありますね。日本なら萩《はぎ》の花がはらはらと散る繊細な感じですが、中国だと、アメリカもそうでしたけれど、風がグワーッと吹いてきて木が身悶《みもだ》えすると、花がナイアガラの奔流のように飛び散るんです。万里の長城といい、中国は、「白髪三千丈」という表現が誇張に思えないぐらい雄大でした。

万葉集の理解も深まりました。わたしが渡来人説を提唱する山上憶良の有名な歌に、〈瓜食《うりは》めば　子ども思ほゆ　栗食めば　まして思《しの》はゆ〉がありますが、中国に行くまでは、なぜ瓜や栗を食べると子のことを思い出すのか、よくわからずにいました。その謎は中国であっさりと解けました。

中国では、結婚式に瓜、栗などで四隅を飾るというんです。そして「栗」の音読み「リツ」は「立」と通じ、立子、つまり子を設けることの祈りだというのです。そして「瓜」はうぶ声の「呱呱《ここ》の声をあげる」を連想させるというのです。

真理の扉は思いがけぬところにあったのです。

中国では、「雑」という言葉の奥深さも教えられました。日本では「雑」というと、雑音、雑多、雑念、雑談など、およそ役に立たないようなものばかりが登場し、雑文を辞書で引くと、「つまらない、雑多な文章」とあります。これは、万葉研究者にとっては困ったことなんです。なぜなら、万葉集は、「雑歌」に始まり、愛の歌、死の歌などがつづきます。愛の歌などにつづき、最後に「その他」の「雑歌」があるのなら理解できますが、巻頭に「雑歌」というのは今の日本人からすると、かなり変でしょう。

でも、中国では「雑」はすばらしい言葉で、辞書には「彩なり」とあり、多彩なすぐれたものを意味します。中国雑技団を見たことがある人も多いでしょう。あの妙技は、すばらしいとしか言いようがありませんね。雑技とは、多様のかぎりを尽くしたさまざまな技芸の取り合わせなのです。

ですから、「雑歌」とは、雑多の歌ではなく、華やかなとりどりの歌なんです。だからこそ巻頭を飾ることになったのです。

中国との関係は、今も続いている（東アジア比較文化国際会議、天津・南開大学にて）

お題「波」歌会始の召人

「歌会始《うたかいはじめ》で歌を詠んでください」――。まさに突然の宮中からの連絡でした。平成6年（1994年）の新年、宮中歌会始の召人《めしうど》に選ばれたのです。

1か月ほど前の連絡で、これはたいへんなことだと思いました。ただ、お題はすでに決まっていて、「波」。これはいいな、と思い、真っ先に思い浮かべたのは、桜の落花が波のように落ちるというイメージがある紀貫之の「古今集」の歌です。

・桜花散りぬる風のなごりには水なき空に波ぞたちける

そこでまず、「さくら波」という造語でいこう、と思い立ちました。そして、「水なき空」の「空」を「永遠」と読み解き、〈永劫《えいごう》の刻《とき》空にあり〉という言葉がさらさらと浮かんだ。

最後に波がキラキラと光った、そんな強烈な感じが浮かび、〈日輪に燃ゆ〉が出て来て、完成しました。

・永劫《えいごう》の刻《とき》空にありさくら波木末《こずえ》にあふれ日輪に燃ゆ

ちょうどその頃、身内ががんの手術をした後で、命の永劫への願いが心にありました。歌は、奉書紙というごつごつとした和紙に清書するのですが、たった1枚しか奉書紙がなく、どのくらい筆に墨を含ませたらよいのかも、どれくらいのスピードで書いていけばよいのかもわからず、とても緊張したことも覚えています。

さて、本番の日。召人であるわたしは、天皇陛下の正面、詠進者の最上席に座り、陛下の平和を願うお歌が、披講者によって謡曲のように歌われるのを聞きました。その時に、今の上皇であられる平成の天皇の歌を書かれた文字が、見えるんですね。

・波立たぬ世を願ひつつ新しき年の始めを迎へ祝はむ

歌を記された字がとてもお上手で驚きました。上皇后になられた美智子さまの歌もすてきでした。

・波なぎしこの平《たいら》ぎの礎《いしずゑ》と君らしづもる若夏《うりずん》の島

召人をしたことで、歌会始と勅撰《ちょくせん》集との関係を意識するようになりました。最古の「古今集」に始まる勅撰集は、室町時代に二十一代集で終わりますが、それからは細々と宮中で歌われていた和歌を、明治天皇は広く国民から公募するという形で勅撰集の伝統を復活させたのです。

天皇はなぜ、歌を詠み、歌を集めるのか。それは古代ではとりわけ、和歌の力で平和も実現できると考えられていたからです。「万葉集」の「柿本人麻呂集」には〈磯城島《しきしま》の日本《やまと》の国は言霊《ことだま》のたすくる国ぞま幸《さき》くありこそ〉とあり、言葉には力があると信じられ、幸せであるようとの祈りを歌に詠んでいます。

「古今集」の仮名序にも、こうあります。〈力をも入れずして天地を動かし、目に見えぬ鬼神をもあはれと思はせ、男女のなかをもやはらげ、たけきもののふの心をも慰むるは歌なり〉

ギリシャの古代を哲人政治とすれば、中国は文人政治、日本は歌人政治という学説を打ち出しました。

では、奈良に大仏を建立して平和を願った聖武天皇の時代にいたるまで長年かけて大伴家持らによって編纂された「万葉集」にはどんな思いがこめられていたのか。原点に「十七条の憲法」の理想があったと考えています。聖徳太子の時代の日本は、朝鮮半島で戦争していて、その戦いをやめた翌６０４年に制定されたのが「和を以《もっ》て貴《とうと》しとなす」の平和憲法です。

条文の中で、わたしがとりわけ注目するのは十条の〈忿《ふん》を絶ち瞋《しん》を棄《す》てて人の違《たが》ふことを怒らざれ〉です。ここでは、心で怒ること、顔に出して怒ること、人が自分と違っていることに対して怒ることを戒めています。自分の思うようにならない時、自分ができることを他人ができないと、「なんで、そんなこともできないのか」と怒る人がいますね。なぜでしょう。それは、自分が賢い、偉いと思い、他人を愚かと思うからです。そして、自分だけの正義を信じ、相手を見下し、怒り、争う。それがこうじると戦争になります。

そこで、平和を願う「十七条の憲法」の十条――これは九条と八条で分けられる、この憲法の後半の第一条なのですが、そこでは第一条と呼応して、怒りを棄てよという言葉につづけて、こう記します。
〈われ必ずしも聖にあらず、かれ必ずしも愚にあらず、ともにこれ凡夫のみ〉
いい言葉ですねえ。人間はすべて凡夫で、賢さもあれば愚かさもある平凡な存在。誰もがいいところもあれば悪いところもある。怒りたいと思っても、わが身を顧みれば、愚かなところもあり、過失もある、それを反省し、怒りをおさめ、和を大切にしようとしたのです。

凡夫である自覚、それが平和の精神の原点にあるものです。

万葉集が東歌《あずまうた》をはじめ無名の人の歌を集めたのは、人はみな凡夫という人間宣言の表れです。別れや旅のつらさを詠む防人《さきもり》の歌の多くを実名で収録したのは凡夫への思いやりです。恋愛歌の多さは、人間の心に潤いや優しさを与えます。「愛《かな》しい」とは相手を立派に思い、自分を恥ずかしいと思う謙虚な凡夫の心です。

万葉の時代にも政争はありました。新興勢力の藤原氏によって大伴旅人《たびと》は大宰府に左遷され、左大臣の長屋王は自害に追いやられました。その時、旅人は〈雁木《がんぼく》の間に出入りす〉という荘子の言葉を使って、「争うのは下賤《げせん》なこと。わたしは悠々とすばらしい人生を送っていきます」との心境をつづり、争いからは距離をおきました。
この旅人が主催したのが「梅花の宴」です。万葉集には「和」の精神が流れています。

命守る知恵 先人に学ぶ

穏やかな日曜日の午後でした。机に向かっていた私の耳に、妙に金属的な音を立てて電話が鳴りました。

「中西まやさんの身内の方を探しています。まやさんがお亡くなりになりました」

正直、わたしは絶句するしかありませんでした。

まやは、亡くなった妻の子で、当時25歳。日本女子大で中国史を学び、卒業後は東京・神田の楽器店で働いていました。

そのまやが１９９９年９月19日、スキューバダイビングの講習中に亡くなったのです。インストラクターは、娘たちを４分で30メートルまで潜らせようとしたので、初心者の娘はついていけず、苦しみもがき、海底に沈んでしまいました。この間、インストラクターは珍しい魚を探すのに夢中で、注意を怠っていたというのが事故の経緯です。

いっしょに暮らし始めた頃は幼い子どもでしたが、お風呂で洗ってやったり、遊園地で遊んだりするうちによくしゃべるようになり、わたしはもっぱら聞き手でしたが、娘との時間がとても楽しかった。

父の日には必ず鉢植えのアジサイを贈ってくれるやさしい娘でした。

なぜ、こんなことになったのか。それは「安い」を連発し、安全管理をないがしろにする、当時のスキューバダイビング業界の風潮です。自分でもいろいろ法規や安全の実情を調べ、刑事裁判を起こし、２００２年、簡易裁判所から先方に業務上過失致死による罰金50万円の刑が言い渡されました。

まやの姉は当時、東京大学の大学院を終えて、さらにアイルランドのトリニティカレッジで比較文学を勉強し始めた直後でしたが、「人間の命を救いたい」と頑《かたく》なに言って、医学部に入り直し、医師免許をとりました。

阪神・淡路大震災を経験したわたしにとっても、まやの死は、命と安全についてさらに考えるきっかけになりました。

アメリカにいてまわりを見ていると、近所の人は自分で芝刈りし、電気も自分で直していました。日本ではいつしか業者まかせになり、自分ではやらなくなった。日本の方が文明度が高いともいえますが、自分の生活を守る姿勢が弱くなったともいえます。オール電化などシステムは整備されましたが、災害時の停電を見ても、システムは脆弱《ぜいじゃく》です。それに気づく必要があります。

山を削った宅地を「安い」といって売る。ここにもレジャー事故と同じ、危険に対する甘い認識、生命の危機を察知しない人間の生きる活力の衰えを感じます。

昔の日本人は、もっと自然をよく見ていました。広島で土砂災害が起きた地区は、もともと「八木蛇落地悪谷《やぎじゃらくじあしだに》」と呼ばれ、その意味は「大地の崩壊する悪路の谷」です。本来、暮らす場所ではありません。

一方で、昔の人は天災を畏れましたが、雷光を「いなづま」と呼ぶ科学的な目がありました。雷の放電で空気中から窒素が放出され、それが田に取り込まれて肥料となり、実りを豊かにするんです。昔は夫のことも「つま」といい、それで稲を豊かにする雷光が「いなづま」になったのです。

わたしたちは先人の知恵に学ぶべきです。そんな日本人が忘れがちな先人の知恵をめぐる連載エッセイを「日本人のわすれもの」として2001年7月に単行本で刊行した時、カバーの下の表紙絵と本の扉にも、まやの描いた絵を使いました。

「中西進著作集6巻　終わりなき挽歌」の帯。亡くなった娘まやの肖像の前で語る写真を載せた

学問すべては幸福のため

物理学から心理学、文学など学問にはさまざまな分野がありますが、では何を求めて研究するのか。わたしは、すべては幸福のためであり、あらゆる大学は「幸福大学幸福学部幸福学科」と呼ぶべきではないか、と言いたいぐらいに考えています。

幸せとは「し・あわせ」、つまり、お互いに何かをし合うことです。「人間は、人から求められているとき、最も幸せである」。これは中学の英語で習ったジョージ・ギッシングという英国の作家の言葉で、若い頃の座右の銘です。

ホームレスに何が欲しいかと聞くと、たいていは「人の視線が欲しい」と言うそうです。文学は、有名、無名を問わず人が残した言葉を研究し、幸福に貢献します。人や自然から与えられた情感を言葉で表現し、読む者を感動させるのがすぐれた文学作品です。
幸福学を考えるようになったのは１９９７年に府立大阪女子大学長になった頃です。学長になると、専門的な研究よりも大づかみに全体として学問を考える必要がある。そこで一皮むけたのでしょうか。先立っても国際日本文化研究センターで広く、国内外の多彩な学者と共同研究したことも、おのずから幸福学への道につながったように思います。

女子大学長時代、日本学術会議で東北工業大学学長だった岩崎俊一さんと出会ったことは幸運でした。電子工学で世界的評価を受ける研究者で、温厚な方で人望もある。わたしは学術会議の会長選挙で岩崎さんを推したのですが、東大の名誉教授が選ばれました。まさか学閥で決まることはないと思いますが、意外な結果にびっくりしました。

さて、岩崎さんとは学術会議の第3常置委員会でも同席し、検討結果「新たなる研究理念を求めて」の文章をわたしがまとめ、総会で、岩崎さんが委員長報告をしました。基本は、岩崎さん提唱の「創造モデル」です。一般に学問の世界では、先人が築いた基礎を学び、応用しますが、これでは学習者の自発性は重視されません。

一方、「創造モデル」は、わたしたちが教授される以前に知っている世界から、自発性を武器に創造的仮説を立てることを重視します。先人の理論は大切ですが、それに縛られていては学問の発展はありえないし、幸福は広がりません。

２０１３年、岩崎さんと同時に文化勲章をいただきました。「いっしょでうれしかった」。そう、お互い声をかけ合い、喜びました。

その時、受章者には俳優の高倉健さんもいらっしゃいました。お忙しいせいでしょう。時間ギリギリにすべり込んでこられ、わたしたちの集団からは離れ、一人座っていらした。それは映画の一場面のようでした。

学問の世界では、インドの経済学者で、アジア初のノーベル経済学賞を受けられたアマルティア・セン教授との出会いも忘れられないものです。古代・中世のインドには、アジア各地から優秀な学僧、教師、学生を集めたナーランダ仏教僧院がありました。それを現代に再興するナーランダ大学設立運動が２００６年に始まり、わたしは、日本画家の平山郁夫さんに声をかけられ、大学構想を具体化する「ナーランダ賢人会」に参加しました。

賢人会の議長がセン教授で、その他にシンガポールの外務大臣や、インド議会上院議員など計12人がメンバーに名を連ねました。センさんはとても鋭い一方やさしい方で、一度お会いしただけで大好きになりました。経済学、歴史学など従来の学問の枠を越えて、平和学をつくろうという話も繰り返ししました。

理念と現実のズレがあり、残念ながら賢人会が移行した理事会はメンバーが交代しましたが、平和学、幸福学を形のあるものにしようと、海外の研究者らと討議した日のことはいい思い出です。

記念撮影に臨んだ文化勲章受章者。(右から) 高倉健、岩崎俊一、高木聖鶴、わたし、本庶佑の各氏

児童生徒と和歌を読む塾

――みなさん、こんにちは。僕は中西進っていいます。「万葉大好きおじさん」、そう覚えてください。さあ、いっしょに「万葉集」を読みましょう。

「中西進の万葉みらい塾」は、こんな調子で始まります。日本各地の小・中学校に出かけていって、子どもたちと万葉集を大きな声で読み、勉強しました。

・大宮の内まで聞こゆ網引《あびき》すと網子《あご》調ふる海人《あま》の呼び声

どうです。気持ちのいい歌でしょ。この歌には特別な仕掛けがあるんです。子どもたちは、わたしが抑揚をつけて読むと、たちどころに手を挙げて、こう答えてくれます。

「最初の言葉がみんなア行になっている！」

「大宮の」の「お」、「内まで聞こゆ」の「う」、「網引すと」の「あ」、そして下の七七のはじめはいずれも「あ」ですね。ア行は大きく口を動かして発声するからすごく気持ちいいんですね。万葉の時代、和歌は声に出して歌われた。だから気持ちがいいし、生命力があるんです。

「みらい塾」は平成15年度（2003年度）に始め、全国47都道府県、全部で66校やりました。

きっかけは、塾の開始前にある小学校で和歌を教えた時でした。まず短歌の祖型、2人の掛け合いで五七七を2回くり返す旋頭歌《せどうか》を教え、大成功をおさめました。

たとえば「青や白色とりどりになでしこの花」と、わたしが五七七で詠む。そこで、「さあ、みんなで『なでしこの花』を最後において同じ形で作ろう」と呼びかけると、こんな歌ができてくる。「なよなよと風にそよげるなでしこの花」

そこで、「これを一人でつくったらどうなる？〈青や白色とりどりになでしこの花なよなよと風にそよげるなでしこの花〉となりますね。どこかダブっているね」と言うと子どもたちは次々に手を挙げ、「3番目と6番目！」というわけです。そうしてダブりを取ると「青や白色とりどりになよなよと風にそよげるなでしこの花」となるでしょ。「ほら、これで短歌になったじゃない」というと教室中、オーッと沸くんです。理解が早くて驚きました。

すごい子もいましたねえ。たまたま校庭に花が咲いていたので、僕が、「校庭にきれいに咲いたチューリップの花」と言うと、一人の児童が、「午後六時つぼみにかえるチューリップの花」って詠んだんです。すごいでしょう。「咲いた、咲いた」ではなく、「つぼみにかえる」ですよ。びっくりしちゃって。小学校5年生ですよ。

一番活躍した子について聞いてみたら、「コミュニケーション障害があり、友達と話ができなかった子です」と言われました。その彼がハイハイ、ハイハイと手を挙げる。うれしかったですね。今まで専門家が檻《おり》の中に閉じ込めていた万葉の歌が、やっと元の形の生活者の歌に戻ったと感じ、とても感動しました。歌の持つ生命力に触れ、ものごとに感動する力をつけること――それが古代から学ぶ大切な情《こころ》です。

なんといっても生きるとはイキる、つまり「息をする」ことですから、大きな声で歌を詠むことはよく生きることなんですよ。

「万葉みらい塾」で、教壇に立つわたし。「子どもたちから学ぶことも多かったです」

虚構とは 問い続け

万葉の大和路はもう何十回と歩きました。学生時代、堀辰雄が好きで、「大和路・信濃路」に接して大学3年の時、東京学芸大に入学したばかりの弟、朗《あきら》と行ったのが最初です。

次いで訪れたのは東大大学院時代で、毎年春休み、国文学科の久松潜一先生と行く「奈良万葉旅行」に参加しました。奈良で待ち受けていらしたのは万葉風土学の樹立者、犬養孝博士で、「万葉の歌は、詠まれた土地に返してみなければよくわからない」とおっしゃっていたことを覚えています。宿泊した日吉館の思い出も格別です。

《奈良市登大路町にあった老舗旅館。1995年まで営業。田村キヨノさんが名物女将《おかみ》

として有名だった》

女将は、学生を、何人でも安く泊めたので、畳に布団を敷くだけでは足りず、よく押し入れに寝るはめになりました（笑）。当時は、飛鳥の甘樫丘《あまかしのおか》も歩道が整備されておらず、鎌で草や下枝を切りながら、てっぺんを目指したものです。

歩くときに大切にするのは、風景を通して万葉の人々が何を感じ、どう表現したかということです。山がある。川がある。それだけではただの描写です。しかし、歌を詠むとき人は、風景をマテリアル（材料、素材）としてフィクション（虚構）をつくります。

坂本龍馬像で有名な高知県の桂浜には、旧制高知高（現・高知大）の寮歌碑があります。そこには〈この浜よする大濤《なみ》はカリフォルニヤの岸を打つ〉という歌詞が刻まれています。

桂浜からはカリフォルニアの岸なんて見えません。でも、太平洋を通して桂浜とアメリカはつながっていることを表現したことで、気宇壮大な青春の志が伝わってきます。

こうした宇宙があるからこそ、人は与えられた矮小《わいしょう》な世界を超えられます。そうして文学研究とは、人々が何を虚構し、その虚構が人類にとってどんな意味があるかを考えることです。

実は、わたしには万葉集の持統天皇の歌について新説があります。

・春過ぎて夏来るらし白栲《しろたへ》の衣乾したり天の香具山

この教科書にもある有名な歌は従来、文字通り、香具山にほしてある白い衣を見て、ああ夏が来たと感じる歌と解釈されていますが、さて、どうでしょう。そもそも聖なる山の香具山に洗濯物などほすでしょうか。おまけに藤原宮跡から香具山を見ても、洗濯物までは見えるはずがない。

そこである時から、まだら雪に覆われた冬の香具山を見て、詠まれたものと解釈しています。雪化粧を〈白栲の衣〉と虚構し、春どころか夏が来たように感じる。そう思うとユーモアも感じますね。

実は万葉集には筑波山を見て、「あれは雪か、それともかわいい子の洗濯物か」という歌もあります。冬に詠んだからこそ、春が過ぎたどころか夏まで来たように感じたと強調表現したのでしょう。

歌われた風景をただの描写と考えず、思いをめぐらすと、ユニークな古代の心に触れることができます。
残念ながら、この説はいまだ少数派ですが(笑)。

万葉集全歌をリレーで朗唱する「朗唱の会」で万葉人になる(2019年10月、第39回高岡万葉まつりで)
高志の国文学館の副館長(当時)が伴奏を引き受けてくれた

鉛筆でつづる古代の心

２Ｂの鉛筆で書きます。やわらかい鉛筆は原稿用紙に吸いつくような筆感があり、一字一字、書く時間が思索を深めてくれるからです。

手動の鉛筆削りも使い、３センチほどになるまで補助軸をはめて使います。使えなくなった鉛筆は、いとも小さく可愛《かわい》らしい。愛着が生まれるし、戦争世代でものを無駄にできなくて、空き缶にとってあります。思索の合間に小さな鉛筆を机上に立てて遊ぶんです。うまく立たず、転がってしまうとますます可愛い（笑）。

１００冊以上の本を出しましたが、還暦前後からは古代の心に遊ぶエッセーが多くなりました。たとえば、人間の顔には目があり、鼻、耳がありますね。これを「め」「はな」「みみ」と、ひらがなでよく見ると植物と同じですね。芽が出て、花を咲かせ、実がなる。「み」が2つで耳ですね。

偶然にも見えますが、古代人にとっては必然だったのでは、と思うようになり、「日本人の忘れもの」（ウェッジ文庫）や「ひらがなでよめばわかる日本語」（新潮文庫）に書きました。

目で見、耳で聞くことは生の基本です。そうしてつかんだ情報をもとに考え、芸術などの花を咲かせる。息する鼻は、生きることの根源で、植物も花を咲かせ、命をつなぐ。「さいわい」とは、花が咲くの「さき」という状態が這《は》うように続く「さきはひ」が変化したものです。古代では自然と人間は一体だったのです。

発音を通して古代に思いをはせ、遊ぶのは楽しいですねえ。「そんなのうそだろ」と思う方もいるでしょうが、想像する楽しさを捨てたら、学問はつまらないものになります。朗々と歌い、歌で「うったえた」万葉集を意味だけ理解するのは、寄席の落語を、書物を読むだけで満足するのと同じで味気ないし、言葉に言霊《ことだま》を感じた古代人の心は理解できません。

「優游涵泳《ゆうゆうかんえい》」。これは「論語」の注釈書にある言葉で、遊ぶように泳ぐようにゆったり、心ゆくまま学問や芸術を深く味わうことを意味しますが、この姿勢は、還暦を過ぎてからのわたしの人生の習慣です。

そもそも遊びの「あそ」はイコール「うそ」です。うそは偽りではありません。事実とは異なる偽りとまことの間にある、ぼんやりした状態で、文化の最も大切な装置です。事実実験で確認できる事実、頭ではっきりわかることは世界のほんの一部だからです。

なぜ、恋は切ないのか。人の死が科学的に解明されても悼む心はなぜ消えないのか。目には見えない神を信仰し、物の怪《け》の気配に人はおびえます。このようにわたしたちの生きるほんとうの本当には、うそが含まれているんです。このうそを、科学的には証明できないことだから偽りとして排除したらどうなりますか。世界は貧しくなるし、そもそも成り立ちませんよ。

今、わたしが関心を持っているテーマは、「もの」です。「もの」というと現代の人は、一本の木であるとか品物など目に見える物を思い浮かべますね。しかし、縄文時代以来、古代では、「もの」とはまず超越的な信仰でした。今日でも沖縄では御嶽《うたき》信仰があり、大きな1本の樹の下に供物をおき、何時間も祈りをささげる老婆がいます。あれは、1本の樹に宿った超越的な力への信仰です。

その「もの」が物語を生み、「もののあはれ」や「もの狂おしさ」を感じさせます。平成の時代には、アニメ映画「もののけ姫」が大ヒットしました。したたかな「もの」の力は、現代でも息づいているのです。

もちろん、こうした「もの」は目には見えませんから、その存在を証明するのはむずかしいことです。しかし、だからといって、「もののあはれ」を感じない、情緒なき世界になったら、どうでしょう。それはとてもさみしいことではありませんか。「もの」はうそであるかもしれませんが、それは人間が生きていくための大切なうそです。

ですから、「うそかまことか」は、問いとしておかしい。「偽りかまことか」と言わなければならないが、うそと偽りを混同した日本人はうその大切さを忘れ、「もののあはれ」も忘れ、「もののけ」に代表される自然の奥深さへの怖れを失ってしまいつつあります。

そうして、うそを排除する科学技術への妄信は、世界中、いたるところで災厄をもたらしています。
「うそかまことか」という言い方は、まことじゃありません（笑）。

「短くなった鉛筆も補助軸をつけて使います」。机上には使えなくなった短い鉛筆も

人生は割り勘より全払い

一得一失。いい言葉ですねえ。経団連会長で財界一の読書家だった平岩外四さんが、よくおっしゃっていたことで、お会いするたびに啓発されました。

得ばかり求めても、失い、損することもあるのが人生。ほんとうに若い頃は損したり、つらいことがあったりすると深く悲しみ、怒ることもありましたが、今はもうありません。

損したっていいんです。楽しいことをやっていれば。ですから人生は割り勘ではなく、全払いでいいんです。割り勘で、常に半分半分を求めると両サイドにわかれ、それが争いのもとです。競い合っても、試合が終わればノーサイド。このラグビーの精神はいいですね。敵を敵として憎まなければ、いつか仲間になるんです。

まあ、そんなふうにできるようになったのは最近のことです。最近といっても僕は90歳ですから、かなり年をとってからできるようになっただけのことですが（笑）。

平成になってから母屋の隣に2階建ての書庫をつくり、そこに万単位の本を置いていますが、中でも気に入った本には特製の蔵書印を押しています。10冊ほどですが、その1冊にジェーン・エレン・ハリソン著「古代芸術と祭式」があります。その中で、オリンピックはもともと争うものではなく、神の前で力を競い合い、神の加護を祈るものだったと記しています。スポーツに限らず、自分の力を尽くせば、こだわることはもうないんじゃないですか。

その平岩さんは2007年、92歳で亡くなりました。

わたしが日本ペンクラブで知り合いになった、2つ年上の詩人辻井喬（セゾングループの堤清二の筆名）さんからは、季節になると毎年電話がかかり、御夫婦で京都へ行ったり、牡蠣《かき》や越前蟹《えちぜんがに》を食べに行ったりしました。彼も2013年に亡くなりました。

辻井さんのつくった銀座セゾン劇場にもご一緒し、よく著書を贈りあいました。彼の書いた幻想的な私小説「沈める城」はすばらしい作品で、わたしも選考委員の一人だった親鸞賞の第一回受賞作に選ばれました。

とても聞き上手な方で、経営者でもあるのに、自分で自分のことを売りこむことは一切されない。とてもゆったりとした温和な方でした。

この辻井さんとわたし、そして2歳下の映画監督で、何度も仕事をご一緒している篠田正浩さんの3人は、年の割には若く若輩《じゃくはい》に見られたので、スリージャックス（3若）と称していたのですが……。

文芸評論家の江藤淳さん、心理学者の河合隼雄さん……親しくしていた方が次々に亡くなりました。わたしに俳句を通して文芸の面白さを教えてくれた父は、脳溢血で倒れ、1973年4月に76歳で永眠しました。墓石には父が最後に詠んだ句だけ刻みました。

・赤のまま命のままに枯れはてよ

そして、母も1989年に86歳で亡くなりました。わたしは両親の亡くなった年齢を超えてしまいました。

死とはなんでしょう。木が枯れる、野菜がしなびると言いますね。これは水分がなくなることです。そして「かれる」とは「離《か》れる」ことで、人は呼吸を止め、魂が離れるとほんとうの死がやってくると古代の日本人は考えました。ただ、近代人には目には見えない魂はわかりにくいので、やはり死とは植物のように水分がなくなり、しなびていくことだと思っています。

草冠の「葬」という字は、死という字の上にも下にも草がありますね。形を変えて自然に返っていくのでしょう。

金属だって錆《さ》びますね。あれと同じです。この錆びるというのも自然に返ることです。だって、日本刀がキラキラしているのは人間が手を加え、不自然にしたからで、錆びることで鉄は本来の姿に戻るんです。

わび・さびの精神を最高の境地といったのが芭蕉です。わびしさもさびしさもなく、いつまでも元気いっぱいというのでは、いやらしい政治家みたいになってしまいますね（笑）。

自宅に併設した書庫には万巻の本が並んでいる。「新しい本も増え、なかなか整理が追いつきません」（土屋功撮影）

逆さ読み「大和しうるわし」

新元号の出典に万葉集もあるのではないか。そんな空気が流れ始めたからでしょうか。平成30年夏から新聞、テレビの政治部記者が来るようになりました。「万葉集の話を聞きたい」と言うから「どうぞ」と言ったら、のっけから「次の元号は？」と聞いてきた社もあります。

困りましたよ。答えようがないじゃないですか。平成31年4月1日の新元号発表の直前は、もうたいへん。記者さんたちが毎日、わたしの自宅に夜討ち朝駆けですよ。「寒いでしょう」とカップの日本酒を差し上げて帰ってもらったこともあります。

それで3月31日の午後、自宅を脱出し、家内の車でホテルに行ったのですが、ある新聞社に尾行されましてね。結局、ホテルの部屋にこもり、ルームサービスで食事しました。

4月2日の昼頃に家に戻りましたが、まだ記者さんがいて、今度は「考案者ですか」と聞かれる。家に入ると留守電が100件近く入っていました。

その後、「政府関係者によると、考案者は中西進とみられる」との報道が相次ぎ、驚きました。新元号を発表した菅官房長官は、「考案者については、考案者ご自身が氏名の秘匿を希望されていることに加え、考案者を明らかにすれば、新元号との特定の個人の結びつきが強調されることになりかねないため、お答えは差し控えたい」と話したのに、政府関係者があれこれ話しているらしい。ほんとへんですねえ(笑)。

館長を務める富山の高志の国文学館で4月14日、令和コーナーを特設した時も考案者の件を聞かれ、こう答えました。「考案者がいたとしても、それは粘土細工の粘土を出しただけで、加工するのは神とか天ではないでしょうか」

とはいえ新元号を機に、元号では初登場の「令」という字について説明する機会が増えたのはとてもよかったと思います。34歳で読売文学賞をいただいた「万葉集の比較文学的研究」でも「令の思想」を論じ、大切にしてきた言葉ですから。

ここでもう一度、あらためて「令」という日本語を考えてみましょう。

万葉集「梅花の宴」の序文にある「初春の令月にして　気淑《よ》く風和《やわら》ぎ」から新元号は生まれましたね。令和と声に出すと語感がいいですねえ。改めて中国の国語辞典で確認すると「令は善なり」とある。善は「論語」では最高の価値を与えられていて、やはりいい言葉です。「令は律なり」。これが2番目の意味です。律とは律令の律で、これは法のことですね。善なる内容の規律だからこそ、人は法令に従います。

新元号の発表当初、命令という意味があるから反対だと意見を述べる人もいましたが、それはどうでしょう。みなさんに聞きますが、「あなたは悪い命令でも聞きますか?」。聞きませんよね。それは善い命令だからこそ従うのであって、本来、命令はいい言葉です。

ただ、この令という漢字には、訓読みがないから、日本語でどう読んだらいいのか、これがなかなか難しい。いろいろ考えました。善ですから、ふつうに言えば「よし」となりますが、「よし」には、優良可の「良」、淑女の「淑」、好きの「好」とたくさんの漢字が出てきてしまう。そこで浮かんだのは、「令《うるわ》しい」という日本語です。日本から出てくる善も律も整った端正なもので、まさに「うるわしい」という日本語がふさわしいと思います。

元号では20回目となる「和」といえば「十七条の憲法」の「和を以《もっ》て貴《とうと》しとなす」ですね。こうして令和とすることで、考案者は、令しい整った和を願ったのでしょう。令に「律」の意味があるというのも、すばらしいことではないでしょうか。律といっても自律性の律です。ただ、世の中が自然に平和になっていくのではなくて、人々が自らを律して平和という美しいものを獲得していく——。それこそが尊い人間の営みです。

和の精神を明らかにしようとした昭和では、残念なことに戦争が起き、国内外で多くの人が命を失いました。そして、天と地が無事、平和であることを願う平成となり、在位30年の記念式典で、平成の天皇は、平成を「近現代において初めて戦争を経験せぬ時代を持ちました」と振り返られました。

そして、次の元号では何を目指すのか。それは和を強調し、令しき和を築くことではないでしょうか。新元号は、熟柿《じゅくし》が落ちるようにして生まれたのでしょう。

明治になった時、元号を揶揄《やゆ》した一首があります。
・上からは明治などというけれど　治明《おさまるめい》と下からは読む
令和の場合は、こうなりますよ。
・令和とは上から読めば令和だが　下から読めば和《やまと》し令《うるわ》し
「やまとしうるわし」は「大和は国のまほろば（すばらしい所）」につづく「古事記」の英雄、倭建命《やまとたけるのみこと》の国土賛歌で、大和はほんとうにうるわしい、という意味です。やはりすばらしいでしょ。

はい？　考案者は、元号を違う読みにしたり、逆さに読んだりして、変な意味にならないか、あらかじめ考えるのですかって？

それはわかりません。こんど、わたしの名前と同じ考案者に聞いてみますよ（笑）。

万葉集について語る（4月14日、富山市舟橋南町の高志の国文学館で）

フクロウの知恵に憧れ

ミネルヴァのフクロウは知恵を象徴する鳥ですから、研究者たるもの憧れないわけにはいきません。わが家には玄関から応接間、庭までいたるところにフクロウの置物やグッズがあります。ギリシャのアテネでフクロウの小さな置物を買い求めてからですから50年近くの収集歴です。

フ・クロウ（苦労なし）、フク・ロウ（福郎）など駄洒落《だじゃれ》にもなります（笑）。ただこの鳥は、「源氏物語」をはじめとして文学では死者と結びつく凶悪な鳥で、俳諧では「母喰《く》い鳥」などという異名まであります。

中国でも不吉な鳥で、そもそも「梟《ふくろう》」という漢字は、木の上のさらし首です。西洋でいい鳥とされているフクロウが東洋では不吉とされる、これはユーラシア大陸は1つだと考えているわたしにとっては困ったことです。

しかし、ここであきらめないのが中西です（笑）。数年前、台湾の故宮博物院で古代中国の墓では、フクロウが守護神として崇《あが》められていた事実を発見しました。仏教の影響で死が汚れとなり、不吉なイメージに転じたのでしょうが、本来は守護神だったのです。

この守護神に見守られて、令和元年8月21日で90歳になりました。

90歳のことを卒寿といいますね。それは「卒」の略字の「卆」が九と十を重ねたものだからです。中国では、「人生七十古来稀なり」とし、70歳を古稀といいますが、日本では、70を超えた年齢にもさまざま言い方があり、77歳は喜寿です。「喜」の草書体は「㐂」と七の下に十と七があるように見えるからです。80歳の傘寿は、「傘」の略字が八の下に十があるからです。そして、米寿の88歳はもうおわかりでしょう。「米」という字を分解すると八十八になりますね。日本人のこうした言葉遊び、面白いですねえ。

では、卒寿で卒業かといえば、まだあります。それは白寿です。百から一を引くと

「白」になります。だから99歳は白寿です。略字遊びは日本好み。やはり日本は完全な漢字国ではないのですね。

食べ物の好き嫌いはほとんどありません。が、鮒寿司《ふなずし》の臭《におい》はダメです。ごめんなさい。それと、コンニャクは、ふにゃふにゃしていて、やる気があるのかないのかわからず、ふてくされているみたいですから苦手ですが。

出されたものはなんでもおいしくいただき、たまにはお酒もたしなみます。

どんなことでも、「知らないは、わかるへの第一歩」の精神で、面白がって研究してきたので毎日が楽しいですよ。それが長生きの秘訣《ひけつ》でしょうか。

隠居するのもひとつの手ですが、そうすると自分らしくないような気がして自然に流されて、館長をしている京都市立中央図書館と右京中央図書館には週に1日、富山市の高志《こし》の国《くに》文学館には4時間近くかけて週に2日ペースで通っています。また講演も定例が月2回、全国各地で行い、令和元年になってからは毎月、平均5回やっています。そして、寸暇を縫うように、毎日本を読み、原稿も書いています。

誕生日の日も夜中2時に起き、原稿を書いていたんですよ。富山県上市町の日石寺で見たばかりの不動明王の磨崖仏とその脇に彫られた菩薩《ぼさつ》についてのコラムで、力あるものには、やさしい心が必要だと感じたことを記しました。

誕生日の昼になると、その日が発行日の英訳書が届きました。「美しい日本語の風景」を中心にしたエッセー集で、出版文化産業振興財団から出ました。初の英語の単著で、文に添える写真は、家内の貴美子が撮り下ろしました。人生初の夫婦合作でもあります。

「のんき」という言葉も、この本では取り上げています。「のんき」はもともと中国語の「暖気」で空気の暖かいことを意味します。暖かい天気といえば晴れでしょう。日本語には「能天気」という言葉もありますが、これだと、陽気だけどおっちょこちょいな感じになり、否定的なニュアンスになりますが、「のんき」は違いますね。むしろ、頭も心も体も暖かくて、とげとげとした考えは持たず、ゆったりとくつろいださま。そのおかげで物事はよく見え、心も鷹揚になり、人の情けもわかってくる。争いからは最もとおい、あたたかな日本語で、わたしは好きです。

今日の忙しい日本では、とても「のんき」になんてしてはいられないという風潮がありますが、それはどうでしょう。「のんき」を認めない社会はぎすぎすしてしまいます。

おもしろいことに、この「のんき」という言葉は、経済が不況となり、戦争への傾斜が進んだ大正から昭和にかけて流行り、大正時代には「のんき節」が歌われ、昭和12年には作家、尾崎一雄が「暢気眼鏡」で第5回芥川賞を受けました。閉塞した時代を救った日本語が「のんき」だったのです。

妻が撮った「のんき」をテーマにした写真は、うすいオレンジ色に染まる空に浮かぶ日輪です。精神の不毛がいわれる現代、「のんき」の価値をもう一度とり戻したいですね。

誕生日の翌月、9月には北海道の札幌と根室で講演し、万葉集と同時代に花開き、忽《こつ》然《ぜん》と姿を消した幻のオホーツク文化の遺跡を見学、本土最東端の納沙布《のさっぷ》岬に足を延ばしました。その時、根室市長の石垣雅敏さんからは、フクロウの置物をいただき、また1つコレクションが増えました。アイヌの伝承ではシマフクロウは、黄泉《よみ》の国から来た村の守り神です。とてもありがたいことでした。

フクロウのおかげでしょうか、納沙布岬に着くと、くっきりとした青空が広がり、北方四島もよく見えたんです。親しくさせていただいた司馬遼太郎さんの著作「菜の花の沖」の主人公の像も根室市内で見学しました。国後・択捉島の航路を開き、日露交渉を円満に解決した北前船の豪商、高田屋嘉兵衛の像は、見あげるほどの立派さでした。彼の平和外交の精神、苦難を乗り越え挑戦する姿には改めて感激しました。あれこそ、令和の実践であったのではないか、と思いもしました。

知るほどに、面白いことが見つかる。生きていてほんとうによかったと思う瞬間です。これからも学問はつづけられるだけつづけていきます。そして、芸術、思想、信仰という人間の知的行為全体を深く考察し、広く世界的な視野で日本文化を考えていくつもりです。

この惑星に人類が生まれた意味は何でしょうか。人間は、動物のように食べるだけではなく、言葉を使い、ものを考えます。なぜ、人は考えるのか。それは地球全体の知のデザインをつくるためではないか、と思っています。

令和元年の夏には、宮城県の多賀城に旅し、気持ちを新たにしました。そこは万葉集の編纂《へんさん》者、大伴家持《やかもち》が没した場所とされる地です。そして、多賀城のある陸奥《みちのく》は、かつては世界の果てとされ、その果てへの畏れと郷愁、親しみから「おくの細道」を生んだ松尾芭蕉のことも思い出しました。

今の時代の辺境や知の果てはいったいどうなっていて、どんな新しい言葉が胎動しているのか――。それを知るのがわたしの残された仕事です。

京都市内にある中西さんの自宅玄関を入ると、大きな木製のフクロウが出迎えてくれる（土屋功撮影）

II

初めて語る「令和」

万葉研究の第一人者、中西進さんが、万葉集を出典とした新元号「令和」について語った。京都市の自宅で1時間半ほど行ったインタビューでは、考案者であるとは明言しなかったが、話は元号のあり方についても及んだ。その闊達な話しぶりは、万葉の歌のように生き生きしていた。（平成31年4月17日）

◆まねるのではなく　取り込むのが日本文化

――新元号「令和」への感想はいかがでしたか。

中西　私は考案者でないと思っているから、今日は一国民として話します。まず、この間、ある新聞を見たら、いいと思った人が80％を超えていた。この好評さは全く予測していなかった。

それと「ら行」で始まるのはいい。ら行音が美しいというのは常識です。漢字といえども音は非常に重要です。レイには麗しいの「麗」がある。そして、「令」に玉偏（偏では「王」と表記）をつけた「玲」は玉のような美しさを示し、立心偏の「怜」は心の美しさを表す。つまり「令」のつく漢字は内容もいいし、響きもいい。その中心にある「令」とは何か。辞書を引くと、善いという意味です。

――善悪の善ですね。

中西　善は、まず言葉として美しいし、儒教の最高の理念でもあります。そして、第二に令は律なりという定義がある。法律の律です。

「令和」についてのコメントで、命令という意味があるから反対だと意見を述べる人がいますが、では、あなたに聞くけど、「あなたは悪い命令でも聞きますか？」。聞きませんよね。では、どういう命令なら聞くかといったら、それは善い命令です。本来、命令はいいことです。

そういう善き振る舞いをする人が、令嬢であり令息です。このように、「令」は言葉として美しく、善いものだと、多分考案者は考えたのでしょう。

――では、新元号の典拠[※1]になった「初春の令月にして、気淑く風和ぎ」にある「和」とは何か？

中西　聖徳太子がつくった十七条の憲法の第一条「和をもって貴しとせよ」を思い浮かべます。

――中西さんは、その著「国家を築いたしなやかな日本知」の冒頭に、〈聖徳太子の「和」の宣言〉を掲げていますね。

中西　そう。あれは１４００年前くらいにできた平和憲法です。６０４年に制定される前年まで、当時の日本は、朝鮮半島で泥沼の戦争をしていた。その戦いの停止宣言をした翌年にできたのが、十七条の憲法です。

――その「和」の精神があって善いから「令和」となるのですね。

中西　それを日本語でいうと「麗しい」でしょう。「古事記」が（大和はすばらしい国どころと）記した「大和しうるはし」の「うるわし」です。それは和の尊敬されるべき善さ、整頓された美です。

この「大和の心」は万葉の精神にも流れ、日本の文化に脈々と受け継がれ、今の平和憲法にもつながる。だから、「安倍さん、あなたも十七条の憲法の一部を年号にしなさい」とも、考案者の一人はひそかに思っていた。僕の名前に限りもなく近い人間が考えた（笑）。

――では典拠には、万葉集に加えて、十七条の憲法もあるのでしょうか。

中西　憲法を記した日本書紀は漢文で全体が書かれている。だから、国書というのに抵抗がある。では、何が国書かといったら万葉集が日本で最初の仮名の文書ですよ。日本固有の万葉仮名[※2]で書かれた万葉集は中国人には書けませんし、全然読めません。

――ただ、「令和」の典拠となった「梅花の歌三十二首」序文については、多くの専門家が、中国の古典である王羲之の「蘭亭序」や詩文集「文選」の張衡「帰田賦」の影響を指摘しています。

中西　もちろん、考案者も中国の影響は知っていたでしょう。ただ、ここは誤解を解くために、考案者のために代弁しますと、「梅花の歌三十二首」の序文は、「蘭亭序」とは言葉遣いや全体の内容も違います。また「帰田賦」の「仲春令月、時和気清」とも似ているようだが違う。中国では、令月といえば仲春、つまり2月です。

しかし、万葉集には「初春の令月」とある。これ、旧暦の1月なんです。こんな文章は、中国人は絶対に書かない。

中国では1月はまだ寒く、麗しい空気になっていませんが、日本では初春の1月こそ麗しい月を愛《め》でる季節になる。序文そのものは漢文で書かれていますが、その内容は大和風です。

――まさに日本の花鳥風月に見合った言葉として、そこに初春の令月という言葉が生みだされたわけですね。しかし、中国の古典からの影響を認め、典拠として示した方が、日本の外に開かれた文化を示すことにもなると思う人はいますね。

中西　日本の文化の特徴は、ただまねるのではありません。取り込むのです。漢文では、令月は2月をさすことを知っていながら、1月のものとして「初春令月」を日本の言葉にしてしまう。国書である万葉集は、外来の光り輝くものを分け隔てなく、寛容に取り込みながら、これをたちまち和風化して、光源を内に持つ文化にしてしまう。これが和なんですよ。

――序文を記したとされる大伴旅人の歌「わが園に梅の花散るひさかたの天より雪の流れ来るかも」を、散る花では縁起が悪いという専門家がいますが……。

中西　いい歌ですよ。大和言葉にやしなわれた伝統的な大伴家に生まれながら、やがて大納言にもなった旅人は、歌でも漢風なものも上手に取り入れながら、大和言葉ですぐれた表現をした。この歌でも、降る雪を、流れると言っている。ここに文化が発生する。

そして、梅でも桜でも、花が散るのは、花びらという形に生存の形を変えて、エネルギーを軽くすることです。あくる年にはまた咲く。そうして生き永らえるのですから、梅も桜もおめでたいのです。

――無名の人も数多く作品を残す万葉集は、五七調の調べもよく、今日の歌謡にも影響を与えつづけています。

中西　多くの（＝万）詩華（＝葉）を集めた万葉集の歌は、もともと文字じゃなくて、唇の言葉ですからね。それは「生きる」という言葉につながる息と同じで、だからこそ生き生きとしている。

◆戦争のなかった「平成」の次に

――最後に、元号とはどのようなものか。

中西　もういいでしょう。

――そこを、ぜひ。

中西　では、根幹的なことを言うと、元号は文化だと思うんです。カレンダーじゃない。キリストの誕生を原点にして年数を数える西暦のような数の羅列ではなく、文化です。これでおしまい。もう言わない。

――ここはもう少し。では、その文化とは何か。

中西　それがまさに、令和だったわけです。

――元号の根幹にある文化とは何かを考えるうえで、一番重要なポイントは？

中西　国家のビジョンです。でも、それは行政上のビジョンではなく、文化目標です。そこは首相も強く認識してほしい。

大きく正しくあろうとした大正では第1次世界大戦が起き、和をあきらかにしようとした昭和ではまた戦争を起こしてしまった。そこで天と地が無事であるよう、平和であるように願う平成となり、在位30年の記念式典で天皇陛下は、平成を「近現代において初めて戦争を経験せぬ時代を持ちました」と振り返られた。

では、次の元号は何かと言ったら、和をさらに強調することですよね。それが令という麗しき和を築くことです。これは非常に大きなスローガンで、破ってはいけませんね。日本は。

――元号考案者の役割は。

中西　それは天の声を元号として伝える役です。考案者は天の声を受信して、いろいろ苦心して考えたのでしょう（笑）。

――しかし、4500首の和歌や序文などからなる万葉集から「令」と「和」を探し出すのは並大抵の苦労ではありませんね。

中西　たぶんね、彼（考案者）は何年も前から言われていたのだと思います。何十年とはいわないけどもね。その中で、おのずから熟したものがあったのでしょう。熟していない元号はいけない。

――どのくらい熟考するものなのでしょう。

中西　6年前かな。もっと長いかなあ。その頃には始まっていると彼（考案者）は思っているわけです。その時には万葉集に限らずね。それがおのずから機が熟し、新元号は生まれたのでしょう。

※1　令和の出典
万葉集　巻第五　梅花《うめのはな》の歌三十二首幷《あわ》せて序
▽読み下し文
初春の令月《れいげつ》にして、気淑《よ》く風和《やわら》ぎ、梅は鏡前《きょうぜん》の粉《こ》を披《ひら》き、蘭《らん》は珮《はい》後《ご》の香を薫《かおら》す。

▽現代語訳
新春の好《よ》き月、空気は美しく風はやわらかに、梅は美女の鏡の前に装う白粉のごとく白く咲き、蘭は身を飾った香の如《ごと》きかおりをただよわせている。

※中西進「万葉集　全訳注原文付（一）」講談社文庫より

※2　万葉仮名

漢字を使って日本語の音を表記したもので、現代でいえば、いわゆる当て字。大伴旅人の和歌のうちで、「うめのはなちる」は、万葉集では「宇米能波奈知流」と表記されている。中国の漢字だけでは日本語を十分に書き記すことができなかったため、漢字本来の意味とは切り離して、音だけを借りた。この万葉仮名から、ひらがな、カタカナは誕生した。

新しい時代を迎えて

読売新聞、北海道創刊60周年記念特別講演会
札幌市にて（令和元年9月15日）

今日の演題は「新しい時代を迎えて」です。新しい元号に変わる、あるいは陛下の退位や新天皇の即位がどのようないきさつで決まったのか、私は存じませんが、いよいよ実現しました。それが平成31年という年です。

31年という年が代替わりの年になり、5月1日に令和が始まったことに、大変驚きました。私どもは英語で「ジェネレーション」という言葉を習いました。「世代」と訳します。「ジェネレーション」というのは何年のことか。辞書には30年とあります。要す

るに、平成が約30年、ひとつのジェネレーションが終わったところで代替わりが行われた。偶然ではなく、どこかに知恵者がいたのではないかと思うくらいに見事な節目でございます。

思い起こしますと、私どもは明治という時代を45年で終えました。しかし、次の大正は15年ですから足すと60年。ジェネレーションが２つというところで代替わりになっています。その次の昭和は64年まで続きましたね。昭和元年は12月25日に始まり、64年は1月7日で昭和天皇はお亡くなりになりました。実際の期間としては62年と14日で、30年×２にちょっとの期間で終わり、次の平成は30年と少しつづきました。

そのように考えますと、代替わりというのはいささか不整合ではありながらもジェネレーションとの関係性が見えてきます。今度の令和は、明治から数えると６つめのジェネレーションに入ったことになります。このあたりで次の時代について考えませんといけない。そう天から命じられていると思えてなりません。

そこで「令和」という元号の時代を考える手がかりとして、本日は３つのお話をしたいと思います。

◆トルストイの平和論

1つめは、「戦争と平和」で知られるロシアの文豪トルストイの話です。彼はクリミア戦争に出兵した戦争体験者の作家です。かたや彼は貴族、伯爵でございますので、広大な邸宅を構え、そこで「戦争と平和」を書きました。

トルストイという人は、戦争や社会構造、貴族制度というものに対して疑問を持っていて、亡くなる前に自分の著作権を放棄すると言い出して、奥さんとケンカになったことが有名ですね。

そして旅行途中で病にふせって、亡くなってしまった。その病気になった駅が観光スポットになっていて、私も見てきたことがございます。

クリミア戦争の経験者であるトルストイは、その体験をもとに書いた「五月のセヴァストポリ」で、「戦争とは平和外交の失敗である」という趣旨のことを明確に書き、「外交に失敗したからといって、その外交の失敗を硝煙や血で解決するわけにはいかない、弾丸、鉄砲の撃ち合いや両方の兵士たちが無残に殺されていくわけにはいかないのだ」

と言っております。

ここで思い出されるのは、私が小学6年生の時に始まった太平洋戦争です。昭和16年12月8日、真珠湾攻撃で始まったあの戦争の前に、宮中では何をしていたかというと、終始平和解決を望む天皇陛下の意思がありましたが、それはかなわず、ついに開戦に至りました。まさに外交の失敗で、戦火が開かれました。

私の大学時代の同級生で、半藤一利という昭和史に詳しい男がいて、先日、親友対談をしました際、彼に、「当時の陸軍や海軍にトルストイを研究した人はいたのか」と聞きましたら「いや、それはないと思う。トルストイとは全然関係なくあの戦争は始まった」と言っております。

残念なことです。そういう時こそ、ぜひとも思い返さなければいけない人間がトルストイだったと思いますね。友人関係しかり、家族関係しかり。そして国と国との関係も同じです。ケンカばかりしていて、話し合いもできないようでは何の建設もできません。「令和」とは、「令《うるわ》しき平和」です。「令和」という時代を迎えてまず考えるべきは、トルストイの平和論だと思います。

◆聖徳太子の「十七条の憲法」

しかし、こうした平和論は、トルストイだけの限られた個人の思想ではございません。そこで2つめには、私どもアジアの一部である日本にもあった平和思想についてお話しします。それは聖徳太子がつくったとされる「十七条の憲法」です。

半藤さんとの対談の中では、「中西の説に賛成だけど、1つだけ反対がある。それは、聖徳太子はいなかったと思うことだ」と彼は語っていましたが、対談には大切なジョークですね。もちろんその平和を思う精神が大切にされ、尊重されてきたという歴史こそが大事です。

ここで、なぜ、「十七条の憲法」が生まれたのか、その歴史を振り返ってみたいと思います。それは唐突にできたのではありません。憲法が制定される前年の603年、日本は新羅と戦い、戦争は泥沼化していました。軍隊の陣頭指揮をしていたのは聖徳太子の同母弟、若き来目皇子《くめのみこ》です。しかし、来目皇子は、戦争中に戦病死し、軍隊は総引き上げをします。そこで聖徳太子のもう一人の異母弟にあたる当麻皇子《たいまのみこ》を総大将として派遺致しますが、播磨まで行ったところで奥さんが亡くなった。奥さんを連れて戦争に行っているんですね。それで都に帰ってきてしまった。それで「おまえ、どうして帰ってきたんだ」と言われて、「いや、妻が亡くなりましたから、私は行けません」と答えた。それくらい厭戦気分が満ち満ちている中で、とうとう戦争をやめます。日本書紀には、こう記されています。「遂に征討《う》つことをせず」

こうして新羅征討を断念した翌年の推古12年（６０４年）につくられたのが「和をもって貴しとなす」で知られる「十七条の憲法」です。

思い出してください。１９４５年に日本は敗戦いたしました。そして１９４６年に何をいたしましたか？　憲法をつくりましたね。そう、平和憲法をつくり、公布しました。これは聖徳太子の故事にならったものと考えることができないでしょうか。

聖徳太子の故事を、憲法のＧＨＱ草案に関わった連合国軍最高司令官のマッカーサーが知っていたということでしょうか。マッカーサーは優れた人らしいですけど、そこまでの必然性はないでしょうね。

では、誰が故事にならったのか。実は、日本の歴代の政治家たちは、全員と言っていいくらい、私が政治をとるときには「十七条の憲法」に則ってしたいと言っているのであります。あるいは「私は聖徳太子になりたい」と言っています。望月の月に例えられた藤原道長もそう言っております。徳川家康も「十七条の憲法」にならった法度をつくっています。そういう長い長い歴史があったうえで、当時の首相だった幣原喜重郎は、戦争放棄の考えをマッカーサーに伝えます。そこには、「十七条の憲法」の精神があったに違いないと、私は考えています。

ところで皆さん。憲法の条文が17という半端な数であることに疑問を持ったことはありませんか。10条ならわかるけど、なぜ17条なのか。中国には陽の数と陰の数、偶数と奇数がございます。双方の極数は9と8ですね。これを足すと17。陰の数と陽の数の極限が17ということなんです。ですから、天も地もすべてを取り仕切るところの数が17なわけです。

私は、「令和」が始まってから、ちらっと「安倍さん、十七条の憲法を読んでみてください」って話したことがございます。首相が読んでくださったかどうかは確かめてはおりませんけども、総理大臣たる者、「十七条の憲法」を読まなければならない。歴代の名宰相はそうしてきました。この中に将来の総理大臣がいらっしゃったら、ぜひ真っ先に「十七条の憲法」を読んでください。

◆中江兆民の戦争問答

3つめに、明治期に活躍した大思想家、中江兆民が著した「三酔人経綸問答」を紹介しましょう。要約しますと、3人の酔っぱらいが政治について問答します。3人のうち、紳士君は「戦争はすべきではない。小さな国で軍備をしても何もならない」と言います。これに対して豪傑君は、「いや、戦争をすべきだ。国家を守るべきだ」と言い張ります。いよいよ議論が煮詰まっていったところで、豪傑君は、「それじゃ、あなたに聞くけど、敵が攻めてきたら、この国はどうするの」と言ったら、紳士君は、「ただ、死ぬるのみ」と語ります。すると豪傑君は笑い出して、「君はさっきから国が滅びることを何時間も語っているのか」と言います。残念なことに議論はそこで終わってしまっています。これでは、どうしたらよいのか、わかりませんね。

でも、「十七条の憲法」にはちゃんと書いてあります。第一条「和をもって貴しとなす」などにつづく第十条に「忿《ふん》を絶ち瞋《しん》を棄てて人の違ふことを怒らざれ」とあり、つまりは人は、怒りというものを持っているから戦争は起こるんだ、そう書いてある。

では、なぜ怒りが起こるのか、それはみんな自分を偉いと思い、自分の判断こそ他人より正しいと思い込んでいるからだ。そのうえで、こんな名言を残しています。

「われ必ずしも聖にあらず、かれ必ずしも愚にあらず、ともにこれ凡夫のみ」

つまり、自分を賢いとは思わず、他人を愚かと思わず、人はみな平凡な存在と認識することが戦争をなくす根源になると言っているのです。

そんなこと言われたって、それは無理だ。つい威張ったり、人を嘲《あざけ》るのが人間ではないか、自分を凡夫と思えるような人がいるのか、とみなさんは思われるかもしれない。

でも、前例があるんです。聖徳太子は、きっとその人の存在を知っていたと思います。

◆アショカ王伝説

それは、インドに最初の統一国家をつくったアショカ王（在位ＢＣ２６８頃～ＢＣ２３２頃）です。王は、戦争で10万人を殺し、10万を捕虜にして国の統一を成し遂げた時、翻然として戦争の非に気づきました。これからは戦争なんかで平和を勝ち取ることはできない、仏の教えを大切にし、宗教心を高め合うことによって、戦争をなくそうと考え、全国の至る所に平和を願う塔を作りました。その思想はアジアに広がり、中国にもアショカ王の塔が立っています。そして日本にも明日香村にアショカ王の碑があります。アスカ村の地名はアショカ王に由来するのでしょう。

古事記には、アショカ王の影響はあります。ヤマトタケルノミコトが「戦争に行け」とお父さんから言われ、「勝手に一人で行ってこいと言われた」時、父は私に「おまえは死ね」と言っているのかと考えます。この伝説のもとにはアショカ王伝説があります。また、ヤマトタケルが、お兄さんの手足をもぎとるというのも、アショカ王がまだ暴君だった頃の伝説に由来しています。

つまり、アショカ王伝説が語り継がれているのが古事記なのですから、当時の人は、聖徳太子も含めてアショカ王の功績を知っていました。

戦争をつづけ、朝鮮半島で負けてばかりいる。もうやめよう、という時にアショカ王にならおうじゃないかというので生まれたのが「十七条の憲法」です。そう考えてよい理由はあります。それは「和をもって貴しとなす」につづく、第二条を読めばわかります。そこには「篤く三宝を敬へ」とあります。「三宝」とは、仏、法、僧のことで、アショカ王が大切にした仏教なのです。

この憲法制定には、記録を見ると、日本人だけではなくて、中国の僧侶あるいは朝鮮の僧侶たちも関わって、戦争をやめるという憲法をつくった。それが一過性のものではなくて、今日の平和憲法までずっと伝えられている、東アジアの伝統です。

きょうは3つのことを申し上げました。トルストイの平和論、中江兆民の平和論、東アジアの「十七条の憲法」にある日本の伝統的な平和思想——戦争を回避するためにいかに平和外交に尽くすか、それについて私たちはこれから真剣に議論していかなければいけないと思います。

戦争体験者である私は、本当に心配しています。お隣の国がどんどん軍備を進めている中で、いかに平和外交に努力するのか。それが新しい時代に課せられた問題ではないかと思います。

◆令和の精神

そこで大切なのは、「令和」の精神です。新元号「令和」が発表された直後、「命令の令だからだめだ」と言う学者がいました。私には信じられません。辞書をしっかり調べたことがあるのでしょうか。

漢字の字義を調べるのに適した中国の漢漢辞典で、「令」の字を引いてみたら何とあるか。まず第一に「善なり」と書いてあります。手元にある辞書を何種類か調べましたが、みんな「善」とあります。そして、次に「律なり」と書いてあり、大宝律令などの律令、法令、命令の令が出てくる。次には「使役」だと書いてあります。そうしたさまざまな用法の根幹にあるのが、第一に出てくる「善」です。何種類かの意義があるというのではありません。

それでは「善」とは何だろうか。論語という古典がありますね。孔子の思想を書いた東洋の古典ですけれども、この論語が尊重するのが「善」です。

法令を守るように命令してよいのは、それは法令が善いものだからです。善いことだから使役することができる、そう一括できます。逆に言えば、悪い指示には、従わなくてもいいのです。

善は、真、美と並ぶ大切なもので、よく真善美と言いますね。一方で、知情意という言葉もあります。真実は何によって探るのか。これはもちろん知性の知です。そして、美を感得するのは情です。では、善はいかにして実現するのか。そうです。残り1つの「意」。つまり人間の意志の力で獲得するものが善です。

この3つは日本の歴史の流れにも当てはまります。日本が古代につくったもの、それは情の文化です。源氏物語の「もののあはれ」に代表されるように情の働きが豊かで、美の限りを尽くしたのが古代です。

次の中世から近世にかけては、知的レベルが上がった時代です。それを介したのはキリスト教でしたが、とりわけ江戸時代になると日本にはキリスト教を通して世界の知恵がたくさん入って来て、知的な時代になりました。全身麻酔の手術も世界に先駆けて行なったのは日本ですし、江戸期の算数も世界的に優れたものでした。

そのように、情が豊かで、知恵に鍛えられた後のこれから迎えるべき時代とは、善を求める時代です。私はもう十年以上も前から、そうしたことを「こころの日本文化史」(岩波書店) などの本で書いてきました。

ですから、「善」という意味を示す「令」という漢字を初めて元号に使った「令和」は、とても今の時代にふさわしい元号と思います。「令」は「善なり」という辞書を見たとき、私も驚喜しました。しかも、令という字は響きもいいですしね、字も簡単ですしね、やっぱりすばらしい。

令に、律令の「律なり」という意味があるのもすばらしいですね。律といえば、自律、まず自分が自分を律することが大事です。人に善を求める前に、まず自分を律して、善なることを心がける。それこそが、うるわしい態度で、美しき令和の時代だと思います。

もうひとつの「和」についても最後にお話しましょう。「和」が元号で使われるのは、今回で20回めです。令和と平和とは、五感も重なりますし、和の心は平和の心でもあります。人々がお互いに自らを律し、みんなと仲よくする。それが令和です。

◆うるわしの令

この令和をもっとわかりやすい日本語でどう言ったらよいのか。私はいろいろ考えてきました。これがなかなか難しいんです。「令」という漢字は、今まで日本語に翻訳されておらず、「りょう」とか「れい」という読み方しかありません。

いろいろ考えまして、「令」にふさわしい日本語が思い浮かびました。それは「うるわしい」です。自分を律し、行いが善いという状態は、まさにうるわしい、と思いませんか。

本日の会場もとっても「令しい」。これだけ多くの方に集まっていただいたのに、一人も寝ていらっしゃらない。こんな講演会はほとんどめずらしいですよ。海を渡ってきた甲斐がありました。

さて、先ほどアショカ王の話をした時に登場しましたヤマトタケルノミコトの話でこの講演会を締めたいと思います。

ずっと争いをして帰ってきたヤマトタケルノミコトは故郷の山河を見て、ひとつの歌を歌ったんですね。

大和は国のまほろば
たたなづく　青垣
山ごもれる
大和しうるはし

大和は、国の中で一番すぐれたところだ、青い垣のように重なっている山に包まれた大和は本当にうるわしく、美しいと言ったんですね。

整然として、生命力にあふれた山々が重なっている、それが令しです。どうか今日の日記や手帳に「令し」と書いておいてください。それをときどき開いて、「令しい」の

「令」という字の意味を見つめなおしてほしいと思います。

明治時代に元号をからかった歌がありました。なんだい、お上のおまえさんたち、明治、明治と言うけれど、下々の我々、つまり下から読めば「治《おさ》まる明《めい》」とからかい、こう詠んだのです。「上からは明治などというけれど　治明《おさまるめい》と下からは読む」

では、これを令和で同じようにやってみましょう。

「令和とは上から読めば令和だが　下から読めば和《やまと》し令《うるわ》し」。

ほら、下から読んでも上から読んでもいいでしょう。ちょうど時間になりました。ご清聴ありがとうございました。

取材を終えて

人間の顔には目があり、歯があり、鼻と耳があります。これは、ひらがな、カタカナという日本独自の文字がなかった万葉の時代から変わりません。古代の人は目で四季折々の風物を見つめ、耳でせせらぎや風の音を聞き分け、獣の気配を鼻で感じ、食物を歯で咀嚼《そしゃく》し、声に出して和歌を歌い、芸術という花を咲かせていました。その実りの成果が日本最古の歌集「万葉集」です。

顔の部位をひらがなで書くと、「め」「は」「はな」「みみ」となります。その音の類似性に植物を感じる。それが「中西万葉学」の真骨頂です。芽が出て、葉が生い茂り、花が咲き、豊かな実りをつける。花や木の枝を頭にさして、植物から命をもらっていた万葉人の生命観を音から感じる中西さんはとても耳のいい学者です。文字ではなく、声と声で人が心を交わし合った古代では、耳の力が頼りです。中西さんは「実《み》が二つで耳になりますね」とも言います。「み」は「身」にもつながります。身力を鍛え、耳で古代の声を聞き分ける、それが「中西万葉学」の実りを生んだのでしょう。

はじめてインタビューしたのは平成9年（1997年）。読売新聞夕刊の「生老病死の旅路」にまとめました。「古代では、生きるとはイキること、つまり『息をする』ことでした。笑いは一番大きな呼吸ですから、笑っているときこそ最大に生きている（笑）。まあ、こじつけめいていますが」。そう語られたときのことはよく覚えています。お話は面白く、新聞記事にしただけではなく、何度も人に話しました。

手を洗うの「アラ」は、「新《あらた》し」と同じで、古代では、手を洗えば、古い手は死に、新しい手が誕生すると信じられていたとも教えられました。

「現代では、いくら足を洗っても、せいぜいきれいになるぐらいにしか思われていません。それでも『裏稼業から足を洗った』などという表現には古代の心が生きています」

難しいことを、誰にでもわかりやすく、深く教えてくれる中西さんとはその後、さまざまな機会にお会いし、文化勲章をお祝いする会にも出席しました。

その中西さんが「時の人」となったのは新元号、令和が発表された平成31年4月1日でした。この日以来、万葉集を典拠にした「新元号の考案者は中西進さんと見られる」との報道が相次いだことは、みなさんもご存じでしょう。しかし、肝心の中西さんは「元号は、天が決めるものです」と語られ、考案者か否かについては沈黙を守っていました。

そこで中西さんにお手紙を出したのがこの本のはじまりでした。取材依頼の文面には、「令和の考案者かどうかはともあれ、万葉集を長年研究されてきた中西さんに、令和という新元号への思いについてお伺いしたい」としたためました。手紙が着いた頃でしょうか、4月7日の日曜夜10時半ごろ、中西さんから取材を快諾するむねの電話をいただき、新聞で特集したのが本書第Ⅱ部のインタビュー記事です。

「大化」に始まる248番目の元号で、はじめて「令」という字が使われた令和については発表直後からさまざまな意見が出ましたが、中西さんは京都の自宅で、「令」にこめられたであろう考案者の思いを懇切丁寧に解説してくれました。4月17日朝刊に掲載された記事は反響を呼び、記事の半分近くを読み上げて報道した17日昼のTBS系の情報ワイド番組「ひるおび」(司会、恵俊彰氏)では、とりわけ次のくだりが関心を集めていました。

「令和についてのコメントで、命令という意味があるから反対だという意見を述べる人がいますが、では、あなたに聞くけど、『あなたは悪い命令でも聞きますか?』。聞きませんよね。では、どういう命令なら聞くかといったら、それは善い命令です。本来、命令はいいことです。そういう善き振る舞いをする人が、令嬢であり、令息です。このように、『令』は言葉として美しく、善いものだと、多分考案者は考えたのでしょう」

コメンテーターの落語家、立川志らくさんは、「中西先生、どうもありがとうございます」と一礼し、「これだけ説明されると、『令』という文字が美しく思えてきました。日本人は日本のことを知らなすぎる。元号をきっかけに本来の意味を色々教えてもらい、勉強になりました」と語っていました。

令和をこのように熱く語る方は、どのような生き方をされてきたのか。中西さんにはこれまで半生記はなく、知らないことばかりでした。そこで令和が始まった5月1日、各界の著名人の半生を聞き書きする読売新聞のコーナー「時代の証言者」でのインタビューをお願いし、39回の連載にまとめ、書籍化に当たって加筆、補正したのが本書の第

Ⅰ部です。

その半生で、なかなか万葉集が登場しないことは、取材しながらとても意外でした。中西さんには、「小学校から万葉集を全部暗記している」という伝説がありましたが、実際に万葉集をはじめて学んだのは戦後の旧制中学時代。しかも大学の卒論もテーマは万葉集ではない、と言うのです。

論語では、「十有五にして学に志す」といいますが、中西さんの15歳は戦争末期で、中学の授業も勤労動員のためになかった時代です。大学に入った頃は戦後の混乱期で、隣国では朝鮮戦争が起きていました。そうした戦争体験と、戦後の自由な空気の中でじっくり築かれていったのが、現代の日本人が忘れた古代の心をよみがえらせる中西万葉学だったのです。

取材を終えて気づいたことは、万葉集を典拠にした令和とその元号が意味する「令《うるわ》しい和の心」とは、中西さんの半生そのものだったのではないか、ということです。そもそも父親の影響で俳句を始めた幼少時代、最初につくったのが梅の俳句です。令和の典拠になった万葉集の「梅花の宴」序文を思い出しました。お父さんが師事した俳人が、万葉集を高く評価した正岡子規門下の中村楽天だったのは偶然にしても、あまりにもよくできた偶然のように思われます。34歳の時、読売文学賞を受けた「万葉集の比較文学的研究」で、「令の思想」について項目を立てて論じていたことも驚きでした。

たいへんなこともありました。中西さんには全36巻の著作集をはじめ、100冊を超える著書があります。「日本人の忘れもの」「ひらがなでよめばわかる日本語」や「中西進の万葉みらい塾」など、難しいことをわかりやすく伝える本も多数ありますが、「万葉集の比較文学的研究」や「万葉集原論」など本格的研究書は、ちょっとやそっとではとても理解できません。

知り合いの万葉学者である奈良大学の上野誠教授に、「論文はとても難しく、歯が立たない」と嘆いたことがあります。その時の上野さんは、「鵜飼さん、中西さんの本格的研究がそんなに簡単に理解できるなら、わたしたち学者はいりませんよ」と呵々《かか》大笑《たいしょう》されました。

この言葉で大いに気が楽になり、腹をくくって計50時間ほど取材に臨み、その一端をまとめたのが本書です。

北は北海道の札幌、根室、そして東京、富山、大阪、京都など、研究に講演にお忙しい中、寸暇を縫って時間を割いてくださった中西さんに深謝します。卒寿とはとても思えぬ健脚で、姿勢もよく、どんなに難しい話をされても常にユーモアを忘れず、緊張の中にも楽しい取材の時間でした。

全国の小・中学校で万葉集を教えた時、生き生きとした子どもたちの姿を見て、中西さんが「うれしかったですね。今まで専門家が檻《おり》の中に閉じ込めていた万葉の歌が、やっと元の生活者の歌に戻ったと感じ、とても感動しました」とおっしゃったことは忘れられません。

万葉集を、難しいと感じる読者も少なからずいることと思います。この古典をしかめつらして読み解き、解読する専門家の檻が、そのように読者に感じさせる一因になってきたのかもしれません。

しかし、人の命、自由を奪う戦争を憎み、開かれた社会を望む中西さんは、そうしません。文学を通した研究も洋の東西に目配りして行いながらも、基本は、古代人が歌にこめた心を耳に感じ、現代人が忘れた古代の英知、生命力を今に伝えてきました。

「卒寿の自画像」の闊達《かったつ》さを、中西さんの口を通して語られる、いにしえの人々の息吹を、本書を通して一人でも多く読者の方に感じてもらえることを願っています。

令和2年2月2日 記

鵜飼哲夫

うかい・てつお
1959(昭和34)年、名古屋市生まれ。中央大学法学部法律学科卒業。83年、読売新聞に入社。91年から文化部記者として文芸を主に担当。書評面デスクを経て、2013年から編集委員。主な著書に『芥川賞の謎を解く』(文春新書)、『三つの空白 太宰治の誕生』(白水社)。

著者あとがき

この書物は、まさにこの「著者あとがき」以外、「はしがき」から「取材を終えて」に到るまですべて鵜飼哲夫さんの「取材」の文章である。わたしは今まで百冊ほどの本を出版してきたが、初めての経験となった。

こうした取材表現も著述の一つの方法だろう。考えてみれば、釈迦も孔子も、当然ながら自ら記した書物はない。しかしすべて、それぞれの思想を表わした物と考えられている。いや、例が大袈裟になってしまったが、彼らの言行録は文字媒体となる前にいち早くいったん客観化された書物といえるだろう。喜んで世上に提出したい。

ただ文体は人それぞれのものだろうし、青年の頃、小林秀雄の文体に憧れたわたしとしては、記述の著述も今後とも行っていきたい。

それにしても、自らの半生を語る書物など出版してもいいものやら、疑問がないわけではない。厚顔《あつかま》しいと思われる読者も多いにちがいない。そのことも頭に入れての取材、出版なのだが、あえて出版に同意した理由は、「時代の証言」という、今まで考えもしなかった、しかし当然で重大な課題をつきつけられ、何十時間かその時間をすごした後、やっと私自身も、ある時代を生きて来た、と実感し、これは伝えなければならないのだという自覚をもつに到ったことにある。

戦争、大学紛争、そしてアナーキーな飽和。そんないびつな三段跳びが、わが半生の中から見えてきた時のことである。わたしはけして時代の尖端に立っていたわけではない。地味な学徒として生涯を過ごしてきただけだが、それでも痛手や傷心は、小さくない。

それを一人でも多くの人に知ってもらうことで、未来に資したいと思う気持は、強い。そう思うと、何と何と、人生には語るべき事が多いことか。心してその諸点を整理し、普遍的な観点から見つめて、別に叙述していきたいとも希《ねが》っている。

最後にこの取材を思いつかれ、持ちかけて下さった鵜飼さんの労を、心からねぎらいたい。鵜飼さんとは「生老病死の旅路」という読売新聞紙上の連載の中で取材にお出で下さってからのお付き合いとなろうか。その取材は平成九年七月二六日付の紙面だった。もう二十三年昔のこととなる。

そして出版は、連載が東京書籍の千石雅仁社長の目にとまったことから始まった。直後に宮中での即位正殿の儀にご一緒して、話が熟した。昵懇の植草武士・編集制作部長さん自らが編集を差配して下さって、美しい書物ができ上がった。

ともどもに深謝したい。

令和二年　春を待ちつつ

中西　進

装画　和田 誠
装丁　長谷川 理
編集　植草 武士

初出一覧（文・写真とも）

Ⅰ

読売新聞「時代の証言者 令和の心 万葉の旅　中西進」
2019年10月16日〜同年12月11日

Ⅱ

初めて語る「令和」：読売新聞2019年4月17日
新しい時代を迎えて：特別講演2019年9月15日（札幌市）

なお、Ⅰについては、新聞紙面に掲載されなかった
内容を含め、大幅な加筆をいたしました。

中西 進（なかにし・すすむ）

1929（昭和4）年8月21日生まれ。
東京大学文学部卒業。同大学院修了。62年文学博士、博士論文『万葉集の比較文学的研究』により、読売文学賞、日本学士院賞を受賞。その後の研究活動で、和辻哲郎文化賞、大佛次郎賞、菊池寛賞などを受賞。2013年、文化勲章受章。筑波大学教授、国際日本文化研究センター教授、大阪女子大学学長、京都市立芸術大学学長などを歴任。現在、一般社団法人日本学基金理事長。京都市中央図書館館長、富山県高志の国文学館館長などを務める。京都市名誉市民。主な著作に『中西進 著作集』（全36巻、四季社）、『中西進 日本文化をよむ』（全6巻、小沢書店）、『中西進 万葉論集』（全8巻、講談社）所収本のほか『日本人の愛したことば』『ことばのこころ』『上代文藝に於ける散文性の研究』（以上、東京書籍）等がある。

卒寿《そつじゅ》の自画像《じがぞう》　―わが人生《じんせい》の賛歌《さんか》―

令和2年4月10日　第一刷発行

著者　中西《なかにし》進《すすむ》　聞き手　鵜飼哲夫《うかいてつお》

発行者　千石雅仁

発行所　東京書籍株式会社
〒114-8524　東京都北区堀船2・17・1
電話　03-5390-7531（営業）
03-5390-7455（編集）
URL=https://www.tokyo-shoseki.co.jp

印刷・製本　図書印刷株式会社

乱丁・落丁の場合はお取り替えいたします。
本体価格はカバーに表示してあります。

ISBN 978-4-487-81339-1 C0095